Karl von Reinhardstoettner

Plautus

Spätere Bearbeitungen plautinischer Lustspiele

Karl von Reinhardstoettner

Plautus
Spätere Bearbeitungen plautinischer Lustspiele

ISBN/EAN: 9783743456372

Hergestellt in Europa, USA, Kanada, Australien, Japan

Cover: Foto ©Andreas Hilbeck / pixelio.de

Weitere Bücher finden Sie auf **www.hansebooks.com**

Plautus.

Spätere Bearbeitungen plautinischer Lustspiele.

Ein Beitrag zur vergleichenden Litteraturgeschichte

von

Karl von Reinhardstoettner.

148796

Leipzig,
Verlag von Wilhelm Friedrich,
K. R. Hofbuchhändler.
1886.

Charlotte in die Kost gethan hatte. Sie hatte die Mamsel du Babil geheissen, ehe sie den Herrn Ballof geheyrathet. Einen Geitzhals und Betrüger, der siebenzig Professionen schon versucht, Sprachmeister, Coffetier, Fechtmeister, Komödiant, und wer weiss was, schon gewesen war.

Jungfer Charlotte. Die als ein Kind von vier Jahren bey der Mamsel du Babil in die Kost gethan worden. Niemand hatte seit dieser Zeit das Kostgeld für sie bezahlt. Sie hatte allerhand künstliche Frauenzimmer Arbeit gelernt, und Herr Ballof hatte endlich eine vornehme Dame gefunden, die das Kostgeld für sie bezahlen und sie als Kammermädchen zu sich nehmen will. Er hatte auch wirklich bereits mehr als die Hälfte davon bekommen, und das übrige sollte er bekommen, wenn die Dame Charlotten würde abholen lassen. Dieses soll heute geschehen.

Callidor. Ein junger Mensch, der sich in Charlotten verliebt und von ihr auch wieder geliebt wird.

Simon. Des Callidors Vormund. Und wie man am Ende erfährt, der Charlotte Vater, von der auch dieses zu merken, dass sie nicht lange mit dem Ballof an den Ort gekommen, wo die Komödie vorgeht.

Martin. Knecht. Der Kutscher der vornehmen Dame, welcher Charlotten abholen will.

Justin. Bedienter des Callidor, welcher dem Martin die Briefe abnimmt, indem er sich für einen Bedienten des Ballof ausgiebt.

Wolfgang. Ein andrer Bedienter, der die Rolle des untergeschobenen Martin Knechts spielt.

Plautina longa fabula in scenam venit.

Schon aus den Personen und den ihnen beigefügten Notizen ergiebt sich ein ziemlich genauer Überblick, wie das Stück werden sollte. Wir haben aber auch noch den vollständigen Entwurf.

Erster Act. Erste Scene.[1]) Callidor und Justin: Dieselbe Scene beym Plaut.

Zweyte Scene. Ballof. Callidor. Justin. Dritte Scene des ersten Acts.[2]) Ballof sagt, er gehe eben, um sich einen Domestiquen zu suchen, weil er, wenn Charlotte wegkäme, einen haben müsse, der ihm den Tisch besorgen könne.

Dritte Scene. Callidor. Justin. Justin verspricht dem Callidor, sein möglichstes anzuwenden, dem Ballof das Mädchen aus den Zähnen zu rücken. Unter-

---

[1]) Bei Boxberger (a. a. O., S. 513): Actus primus. Sc. I, v. eaudem Scenam apud Pl.

[2]) Vide Sc. III, Act. I und so jedesmal.

dessen solle er sehen, wo er Geld auftreiben könne, wodurch man es zwingen müsste, wenn List nicht einschlagen wollte.

Vierte Scene. Justin. Vierte Scene des ersten Acts.

Fünfte Scene. Simon. Justin. Zum Theil fünfte Scene des ersten Acts. Simon muss sich als ein guter, ehrlicher Mensch beklagen, dass Callidor auf solche Ausschweifungen falle. Er habe gehört, dass er sich in ein Frauenzimmer in der Nachbarschaft verliebt habe. Er ist besorgt, dass er etwas Unrechtes thun möge. Es geht ihm nahe, dass er wenigstens an seinem Mündel seine Freude nicht erleben solle, da er sie an seiner Tochter nicht erleben können; da er als ein Kind von vier Jahren, als er eines Unglücks wegen das Land verlassen müssen, in die Kost gegeben, ohne seitdem von der, der er sie anvertrauet, das geringste erfahren zu haben. Er befiehlt dem Justin zu Hause zu bleiben, weil er einen nöthigen Gang unterdessen verrichten wolle.

Zweyter Act. Erste Scene. Justin. Erste Scene des zweiten Acts.

Zweyte Scene. Justin. Martin Knecht. Dieselbe Scene beym Plaut.

Dritte Scene. Justin. Dieselbe beym Plaut.

Vierte Scene. Callidor. Justin. Callidor hat etwas weniges Geld bekommen, welches aber ungefehr so viel ist, als Martin Knecht dem Ballof von der Dame auszahlen sollen. Siehe zum Theil eben dieselbe Scene bey dem Plautus. Sie gehen ab, einen falschen Martin Knecht zu suchen.

Dritter Act. Erste Scene. Ballof und ein neuer Domestique. Zweyte Scene des dritten Acts.

Zweyte Scene. Simon zu den vorigen. Ballof schickt den Bedienten voran in das Haus. Simon redet den Ballof unbekannter Weise an und warnet ihn wegen seines Mündels.

Dritte Scene. Simon.

Vierte Scene. Simon. Callidor. Simon redet seinem Mündel vernünftig zu; und tadelt ihn, dass er sich in eine Unbekannte verlieben können. Nun, sagt Callidor, wenn Simon weg ist, wird es darauf ankommen, ob ich glücklich seyn soll. Es ist alles bestellt, und ich will mich nur in dieser Gegend aufhalten, um von weitem zu sehen, wie die Sache ablaufen wird.

Vierter Act. Erste Scene. Justin. Wolfgang. Dieselbe Scene beym Plaut.

Zweyte Scene. Ballof und die vorigen. Dieselbe Scene beym Plaut.
Dritte Scene. Justin. Dieselbe beym Plaut.
Vierte Scene. Justin und Wolfgang, welcher Charlotten geführt bringt. Ballof ruft dem verstellten Martin Knecht noch nach, sie richtig zu überbringen. Charlotte sagt wenig Worte, mit welchen sie sich ohngefehr beklagen kann, dass sie Ballof gleichsam in eine Dienstbarkeit verkaufe, indem ihr Wolfgang immer heimlich in das Ohr flistert, sich nicht so zu sperren, sie werde es besser finden, als sie es glaube.[1])

Fünfter Act. Erste Scene. Ballof. Die fünfte Scene des vierten Acts.
Zweyte Scene. Ballof und Simon. Sechste Scene des vierten Acts.
Dritte Scene. Martin Knecht und die vorigen. Siebente Scene des vierten Acts. Martin Knecht geht voller Bosheit fort, um sich bey einem Richter zu beschweren.
Vierte Scene. Ballof und Simon. Hier geht die Entdeckung vor sich, dass Simon der Charlotten Vater sey.
Fünfte Scene. Charlotte. Martin Knecht und Justin zu den vorigen. Martin Knecht hatte den Justin ertappt und erkannt, eben als er sich mit Charlotten in einen Wagen werfen und sie davon führen wollen. Er bringt ihn also mit Gewalt nebst dem Frauenzimmer zurück. Die Erkennung geht vor sich.
Sechste Scene. Zu diesen Callidor. Er kömmt verzweifelnd zurück, weil er vergebens vor dem Thore auf beyde gewartet und erfahren, was mit seiner Dame[2]) vorgegangen. Der vergnügte Schluss und das Ende des Stücks. Nachdem Simon dem Martin Knecht versprochen, an die Dame einen Brief mitzugeben und sie in allen Stücken zu befriedigen.

Lessing hat sich engstens an sein Vorbild angeschlossen, wobei der Versuch der Modernisierung des Stücks manche Schwierigkeiten bot, indem aus dem Kuppler Ballio der schurkische Ballof und das Sklavenverhältnis in einen Kostgeldrückstand umgewandelt wurde. Auch hat Simon gegenüber dem plautinischen Simo eine ehrenvolle Rolle erhalten.

---

[1]) Boxberger: — und wird oben an der Scene sogleich von Callidor in Empfang genommen. Sie führen sie fort.
[2]) Boxberger: Dirne.

Danzel[1]) äussert sich über Lessings Bearbeitung: „Sehr viel leichter (als beim Trinummus) wollte sich Lessing die Sache bei der Bearbeitung des Pseudolus machen. Hier verändert er im Grunde nichts anderes, als dass er das Mädchen von der Frau des Ballof erzogen sein lässt und statt des Soldaten, welcher dasselbe gekauft, eine Dame einführt, die für sie Kostgeld bezahlt, und den Vater des Liebenden erspart, indem er diesen zugleich den Mündel des Alten sein lässt, als dessen Tochter das Mädchen zuletzt erkannt wird. Mit der ersten Abänderung war der Stoff den modernen Sitten etwas mehr angenähert, die keine Sklaven kennen und, Kuppler aufs Theater zu bringen, nicht erlauben; doch mochte Lessing fühlen, dass das Mädchen immer noch zu sehr als blosse Sache behandelt würde, als dass das Stück nicht von vornherein einen fremdartigen Anstrich bekommen haben sollte, und so blieb dasselbe unausgearbeitet."

Sehr auslassend[2]) findet sich der Pseudolus deutsch im ersten Band von Schmidts Biographie der Dichter (S. 231—300)[3]); metrisch wurde er übersetzt von Rost (Lpz. 1823).[4])

Ihre Hauptmotive verdankt dem Pseudolus die schon oben (S. 654) genannte Komödie des Gio. Battista della Porta „La Trappolaria".[5]) G. B. della Porta lehnt sich überall an das antike Lustspiel an.[6]) Die Trappolaria selber, ein Stück, in welchem das Wortspiel mit trappola, trappolare und dem so genannten Sklaven immer wiederkehrt, ist reich an plautinischen Reminiszenzen aus allen Stücken.

I. Akt. (1.) Der alte Callifrone beauftragt seinen Sohn Arsenio, eine Reise nach Barcelona zu machen, indem er ihm eine Episode seines Lebens erzählt. Als er einst in Barcelona lebte, machte er die Bekanntschaft einer gewissen Helionora, einer Neapolitanerin, der Witwe eines spanischen Edelmannes

---

[1]) I, 152.
[2]) Sulzer, a. a. O. III, 705.
[3]) Gödeke, Grd. II, 1094.
[4]) Ebenda, III, 1297.
[5]) Ussing, a. a. O. IV, 221. Recentiorum poetarum Pseudolum imitati sunt primus Baptista Porta „la Trappolaria" (Dunlop, I, 216); tum Molierius in „l'Etourdi" nonnulla hinc sumpsit.
[6]) Vgl. z. B. den Prologo zur Olimpia: „se pur i specchi, ch' ella suol straccare specchiandonisi dentro (che le han venduti certi maestri d' Africa, e di Umbria)"; ferner denjenigen zu „La Fantesca", wo er sein Vorgehen, die Eifersucht („La Gelosia") als Prolog verwendet zu haben, mit den plautinischen Prologen motiviert: „Ne io haverei hauuto ardir comparir in questa Scena, se anticamente non vi fussero comparsi i Lari, gli Arturi, i Sileni, la lussuria e la pouerta."

Don Giovanni di Moncada. Moncada hatte von seiner ersten Frau bereits zwei Töchter, Eufragia und Elvira. Callifrone heiratete Helionora in Barcelona „e nel primo anno la feci madre di duo maschi in vn parto," deren einer Arsenio, der andere Lelio ist. Callifrone wollte wieder nach Neapel zurückkehren; da nahm er den stärkeren seiner Söhne Arsenio mit sich, den schwächlichen Lelio liess er bei der Mutter zurück. Die Ähnlichkeit der beiden Brüder täuschte alle Welt. „Eranate tanto simili che ne io ne ella vi poteuamo distinguere." Wir haben also ein Stück Menächmi. Schon frühe wurden die beiden Brüder mit ihren Stiefschwestern, die sie aufs innigste liebten, verlobt. Donna Eufragia ist bereits mit Lelio verheiratet, Elvira aber ist unterdes geraubt worden. Arsenio soll nun nach Barcelona reisen, um Helionora, Lelio und Eufragia abzuholen. Dieser aber hört den Auftrag seines Vaters mit Entsetzen. Vergeblich bittet er um Aufschub, nur so viel, um einigen Freunden ihre Depositen zurückzugeben. Das Schiff steht bereit, das ihn aufnehmen soll. Arsenio hat allen Grund, hier bleiben zu wollen, worüber uns sein Monolog belehrt.

(2.) Drei Jahre ist er bestrebt, seine geliebte Filesia aus den Händen des Ruffiano zu befreien; und nun soll er die Reise nach Spanien machen. (3.) Filesia macht ihm mit ihren Klagen das Herz noch schwerer: denn der Capitano Dragoleone hat dem Kuppler ein schriftliches Angebot auf Filesia gethan. Als Tröster naht (4.) Trappola, Arsenios erprobter Diener. Alsbald gesellt sich der Kuppler Lucrino (5.) dazu. Trappola berichtet von Lucrinos Leben: „È stato dieci anni in galea per moneta falsa, quattro volte in berlina per ladroneccj, cinque volte con la lingua inchiodata per bestemmie, e sette volte scopato per traditore." Er selber nennt sich „la corona e 'l trionfo di tutto il mestiero". Von Arnesios Bitten um Filesia will er nichts hören.

(6.) Ein heiteres Gespräch Trappolas mit dem alten Callifrone schliesst den ersten Akt. Trappola prophezeit Callifrone, dass der junge Herr nicht nach Spanien gehen, er ihm aber dreihundert Scudi abjagen werde, ja „anzi mi pregherete che li riceua per risentar la sua puttana".

II. Akt. (1.) Callifrone hat seinen Sohn eingeschifft; so ist Trappola nicht mehr zu fürchten. (2.) Allein Arsenio ist nicht abgereist. Er tritt mit Trappola auf, und dieser entwirft ihm sein Programm, wie Filesia aus den Händen des Kupplers zu retten ist. „Liberar Filesia da man di Lucrino sarà facile. Ecco la lettera doue il Capitano Dragoleone auisa, ch' hoggi manderà vn suo seruo detto Dentifrangolo con cento scudi per saldo di trecento per lo prezzo, e con vn segnale secreto fra loro, li consegni Filesia. I non mi partirò hoggi dinanzi la casa sua, finchè non vedrò comparir il suo seruo, lo condurrò ad vn amico, che finga il Ruffiano, e riceuuti i cento ducati, e dato il segno, gli daremo vna donna in cambio di Filesia, e subito daremo quei danari, segnale, e la lettera, ad vn altro amico, ouero all' istesso vestito da soldato, lo manderemo con tutte queste cose al Ruffiano, al qual senza dubbio subito conseguerà Filesia, e così verrà in man nostra" — ganz also der Plan des Pseudolus. Dem Vater gegenüber soll Arsenio seinen Bruder Lelio und Filesia dessen Gattin Eufragia spielen, was leicht gelingt, da sich beide zur Unkenntlichkeit ähnlich sehen und Arsenio sowohl als Filesia Spanisch verstehen. Die Frau des Parasiten Fagone soll die dem Capitano an Filesias Stelle auszuliefernde Geliebte sein. (3.) Fagone kömmt eben gelegen, um in die Sache eingeweiht zu werden. Er bereitet (4.) seine Frau, Gabrina, zu dem Streiche vor.

(5.) Polcone liefert die Arsenio nötigen Kleider, um die verschiedenen Verkleidungen zu ermöglichen.

III. Akt. (1.) Dentifrangolo, der Diener des Capitano, trifft Trappola. Dieser stellt sich ihm vor als „Nullacredimi, Tuttigabbali, Ororubbali, Donnascambiali". „Non è marauiglia," erklärt Trappola dem über die vier Namen staunenden Dentifrangolo, „son di razza spagnuola, & hò vn nome per quattro. Da mio padre hò il Nullacredimi, da mia madre Tuttigabbali, da mio auo Ororubbali, da mia aua Donnascambiali." Diese Namen sind dem Sagaristio in der Persa (V. 701) nachgebildet. (Vgl. S. 720.)

Er weist ihn an Lucrino, als den sich (2.) Fagone ausgiebt, der dem Diener Gabrina überliefert. Sie thut, als scheide sie schwer von ihm. (3.) Nun muss sich Fagone als Soldat verkleiden und vom Kuppler Filesia holen, was er (4.) geschickt zu Trappolas Freude (5.) ausführt. Die über ihr Los trauernde Filesia tröstet Fagone (6.): „Ti porrò in braccio al tuo desiato Arsenio," worauf diese erzählt, dass sie als Kind in Barcelona geraubt, in die Barberei geschleppt und dort der Königin von Fessa geschenkt worden sei, wo sie der Kuppler gekauft habe.

(7.) Der Capitano ist bitter enttäuscht über die alte Gabrina, die er an Stelle Filesias erhielt. „Se non temesse oscurar i miei fatti illustri e gloriosi," sagt er ihr, „di hauer preso tante Città, soggiogati Principi, e debellati Re potentissimi, con imbrattarmi le mani del sangue della feccia delle donnicciuole, io hora ti taglierei il naso, e me lo porrei per cimiero sopra le mie armi."

(8.) Gabrina eilt nach Hause und findet dort Filesia. Es entfaltet sich die bekannte Szene aus dem „Mercator", wo Dorippa Pasicompsa für ihre Rivalin hält. Sie hält Filesia für die „galantissima puttana" ihres Gatten. Laut ruft sie: „La mia casa è fatto serraglio delle puttane di mio marito come si fusse il gran Turco." Vergeblich sucht sie Filesia zu beschwichtigen; vergeblich (9.) Fagone. Nun kömmt auch noch der Koch dazu (10.), um das bestellte Abendessen zu bereiten. Gabrina jagt Filesia aus dem Hause.

IV. Akt. (1.) Lucrino freut sich, dass Filesia glücklich aus dem Hause ist: „Trappola non mi può più trappolare." Da tritt Leonetto, ein Diener des Capitano, auf. Der Kuppler vermutet in ihm einen Betrüger, den Trappola schickt, „quel trauestito da soldato, che manda Trappola." Leonetto aber führt namens seines Herrn Klage; es sei an Filesias Stelle „vna vecchia stregona" dem Capitan geschickt worden. Sie scheiden unter heftigem Streite.

(2.) Arsenio glaubt, seine Geliebte bei Fagone zu finden, erfährt aber schlimme Nachrichten.

Fag. Romori, fracassi, naufragi, vccisioni.
Ars. Che rumori? che fracassi? che vccisioni?
Fag. Me l' han tolta.
Ars. Oime, che dici?
Fag. Il uero. Al primo incontro leuò vna botta in testa, e si ruppe in mille parti, e sparse tutto il sangue.

Ars. Come l' han morta?
Fag. A bastonate.
Ars. Dunque ella è morta?
Fag. Mortissima.
Ars. A bastonate?
Fag. A bastonatissime.
Ars. È sparso tutto il sangue?
Fag. Tutto il sanguissimo.

Während Arsenio um Filesia klagt, kömmt diese (3.) des Weges. Nach einer herzlichen Begrüssung teilt ihr Arsenio seinen Plan mit. Sie muss Donna Eufragia spielen und Spanisch sprechen. Kaum haben sie dies verabredet, so tritt Callifrone auf. (4.) Er ruft Arsenio, da dieser jedoch thut, als kenne er ihn nicht, und Spanisch redet, kömmt ihm der Gedanke, es könnte Lelio sei. Arsenio giebt sich auch als diesen zu erkennen und stellt dem erfreuten Vater Filesia als seine Frau Eufragia vor. Auch Trappola (5.) glaubt, Arsenio zu sehen; Callifrone aber belehrt ihn, dass die Ähnlichkeit der beiden Brüder stets so gross war, „ch 'io, e mia moglie non poteuamo discernere l' vn da l' altro." (6.) Polcone macht sich gleichfalls an Arsenio. Er hat bei ihm Kleider bestellt und ihm dafür einen Messingring mit einem Glasstück statt eines echten hinterlegt. Er hört, dass dies hier der Zwillingsbruder Lelio sei, worauf er sich zu Gericht begiebt.

(7.) Der Capitan Dragoleone macht seinem Diener Dentifrangolo Vorwürfe, dass er das richtige Mädchen nicht gebracht habe. Da aber Lucrino dazu kömmt (8.), kann Dentifrangolo bestätigen, dass dies der Kuppler nicht war, von dem er Gabrina erhielt. Die Erzählung des Dentifrangolo, vor allem die Namen Nullacredimi u. dgl., führen Lucrino auf die Spur Trappolas. „Vorrei morire, questi è Trappola!" ruft er, indessen Dragoleone seinem Diener die Namen erklärt. Sie wenden sich nun an den Vater Callifrone. (9.) Dieser aber erklärt, Arsenio sei in Barcelona; bei ihm wohne nur Lelio mit seiner Gattin Eufragia. Auf den Wunsch des Kapitäns wird Eufragia gerufen. Filesia tritt, Spanisch sprechend, auf. Der Capitano erkennt sie natürlich sofort, sie aber will ihn nie gesehen haben. Arsenio als Lelio, gleichfalls Spanisch sprechend, kömmt ihr (11.) zu Hilfe. Den Akt schliesst (12.) Poleone, der seine geliehenen Kleider zurückverlangt.

V. Akt. (1.) Helionora, Callifrones Frau, ist von Barcelona in Neapel angekommen. Sie sucht nun ihren Gatten, der ihr schrieb: „che habitaua alla strada Toledo uicino alla Carità." Die folgenden Szenen sind genau dem Epidikus entnommen. Helionora spielt die Rolle der Philippa, Callifrone jene des Periphanes. (2.) Callifrone findet Helionoras Züge bekannt, Helionora jene des Callifrone. Doch aber zweifeln beide wieder.

Cal. Mi par troppo vecchia, non è mia moglie, nò.
Hel. Mi par troppo ricaduto di età, troppo vecchio.
Cal. Non è dessa, certo nò.
Hel. Nò nò, non è desso nò.

Dennoch aber erkennen sie sich, und Helionora erzählt nun, sie habe Lelio und seine Frau Eufragia im Hafen zurückgelassen, da sie von der Seereise angegriffen seien. Dies begreift Callifrone nicht, da ja beide bereits heute früh bei ihm ankamen. Er ruft nach Eufragia. Filesia und Trappola treten auf. (3.) Helionora vermag nun in Filesia natürlich Eufragia nicht zu erkennen. Doch erweichen Filesias Thränen Helionora, und nach längerem Forschen findet sie in ihr die verlorne Tochter Donna Elvira. Helionora will nun auch Arsenio begrüssen; da erfährt er von Helionora, dass das Schiff, auf welchem er sich, der Schilderung nach, befinden musste, untergegangen sei. Callifrones heftigen Schmerz erhöht Trappolas Bericht. Mit den Worten des Curculio (*V.* 280):

Date uiam mihi, noti ignoti, dum ego hic officium meum
Facio: fugite omnes, abite et de uia secedite

u. s. w., tritt Trappola auf. „Scostateui, o huomini, lasciatemi
correre, non mi impedite la strada." Er berichtet, dass Arsenios
Leiche vom Meere ausgeworfen worden sei. Callifrone macht
sich bittere Vorwürfe, gegen seinen Willen seinen Sohn abge-
schickt zu haben. Nun ist Trappolas Stunde gekommen. Nachdem er dem Alten Vorwürfe aller Art gemacht hat, frägt er ihn,
ob er wohl dreihundert Scudi um das Leben seines Sohnes zahlen
wollte. Da er alles gerne verspricht, erfährt er, dass Arsenio
der vermeintliche Lelio sei, und dass seine List allein Elvira
aus den Händen des Capitano gerettet habe. Trappola erhält die Freiheit. Das Stück endet zu allgemeiner Freude.

Man sieht, dass die Trappolaria aus einer Reihe
plautinischer Stücke, zum Teil mit wörtlicher Be-
lassung des Textes, zusammengesetzt ist.

Vielfache Ähnlichkeit mit diesem Stücke hat auch das Lustspiel Olimpia desselben Verfassers (S. 521); noch mehr ist auf
demselben die Komödie „La Carbonaria"[1]) desselben Dichters
aufgebaut.

Wie Caludorus, ist Pirino in ein Mädchen, Melitea,
verliebt, das in den Händen des Kupplers Mangone ist. Wie
Caludorus wird er durch einen glühenden Brief der Geliebten
in Kenntnis gesetzt, dass Mangone sie um fünfhundert Dukaten
an den „dottore" verkauft habe. Pirino ist trostlos, und sein
Diener Forca spielt in allen Stücken bisweilen fast mit den
Worten des Originales die Rolle des helfenden Pseudolus. Wie
im römischen Stücke sind der Kuppler und der dottore vor den
beabsichtigten Ränken Forcas wohl auf der Hut, und auch
Filigenio, der Vater Pirinos, weiss, wie Simo, dass sein
Sohn fünfhundert Dukaten um jeden Preis erwerben will, um
Meliten loszukaufen. Ja Forca teilt ihm mit der Offenheit
seines Vorbildes Pseudolus den gefassten Plan, ihn zu bestehlen,
mit (I, 5).

Filig. Doue pensaua hauergli?
Forc. Rubargli a voi, come meglio potrà.
Filig. ... Come volete rubarmi, se stò inceruello, e mi guardo più di
voi, che di tutti i ladri del mondo?
Forc. È deliberato sensssar lo scrittorio, se non lo può aprir co 'l gri-
maldello.

---

[1]) La | Carbonaria | Comedia | Dell' Illustre | Sig. Gio. Battista
Della Porta | Napolitano. | Nouamente data in luce. | Con Privilegio | &
licenza de' Superiori. | In Venetia 1628. | Presso Gio. Battista Combi.
(143 pagg.)

u. s. w. — Die Intrigue selbst ist anders, als im Pseudolus. Pirino färbt sich als Mohrensklave, lässt sich von dem verkleideten Parasiten Panfago an den Kuppler verkaufen, kleidet Melitea mit seinem Gewande und lässt sie als Sklaven von seinem Vater kaufen, sodass sie in sein Haus kömmt. Dieses Motiv ist dem Epidikus entnommen, auf den auch im Folgenden manches hinweist. Melitea stellt sich zum Schlusse als die Tochter des dottore Carisio heraus, der sie als Frau hat kaufen wollen, wobei Isocho beinahe die Rolle der Philippa des Epidikus spielt, insofern er gewissermassen Melitea seine Tochter nennen kann. Seine verstorbene Frau war nämlich Meliteas Amme gewesen und mit dem dreijährigen Kinde aus dem Hause des Doktors Carisio entflohen, als dieser nach dem Tode seiner Gattin ihrer Unschuld nachstellte. Sie gab Melitea als ihr Kind aus erster Ehe aus und gestand ihrem Manne Isocho erst auf dem Totenbette die volle Wahrheit.

Auch der Parasit, der, um ein Mahl betrogen, zur feindlichen Partei aus Rache übergeht, ist plautinisch und den Menächmen entnommen. Die Drohung des Panfago, der sich um sein Essen gekommen sieht: „m' hauete honorato per beffarmi, ma farò che la beffe torni sopra voi, il cibo che hauete diuorato senza me farò che mal pro vi facci" (IV, 1), ist nichts anderes, als des Peniculus Worte:

> Omnes in te istaec recident contumeliae.
> Faxo haud inultus prandium comederis.

(Men. V. 520.)

Eine italienische Übersetzung des Pseudolus aus dem Jahre 1756 (Florenz) stammt von Giuseppe Torelli.[1]

XV. Poenulus.[2]

Der Pönulus des Plautus, „in Erfindung und Anlage nicht ohne Mängel,"[3] leidet vor allem an Einheit der Handlung. Teuffel sagt:[4] „Beim Pönulus läge die Annahme einer Kontamination ziemlich nahe, wenn dadurch etwas gewonnen wäre. Denn die zweierlei Intriguen zum Zwecke der Befreiung der Adelphasium, die völlig unvermittelt und zusammenhangslos

---

[1] Sulzer, a. a. O. III, 705.
[2] Hier zitiert nach der Ausg. von C. E. Geppert. (Berl. 1864.)
[3] Teuffel, G. d. r. L., S. 151.
[4] Studien, S. 271.

neben einander herlaufen, und von denen eine die andere überflüssig macht, könnten auf ursprüngliches Auseinanderliegen der beiden Teile hinweisen . . . . Aber die Erfindung und Anlage des Stückes ist so durch und durch mangelhaft, dass jene beiden Eigentümlichkeiten wohl passender aus dieser allgemeinen Mangelhaftigkeit abgeleitet werden."

Der Prolog[1]) holt weit aus, bringt uns aber einige sehr interessante Mitteilungen über die Theatergebräuche bei den Römern.

Zwei reiche Karthager waren Geschwisterkinder; der eine ist tot, der andere aber noch am Leben. Der Verstorbene hatte einen Sohn, der ihm, als er kaum sieben Jahre zählte, geraubt wurde. Der Kummer brachte ihn bald unter die Erde, nachdem er seinem Vetter sein Vermögen vererbt hatte. Der Vetter selber besass zwei Mädchen von vier und fünf Jahren, welche beide gleichfalls ihm, samt ihrer Amme, geraubt und an einen Kuppler Lycus in Kalydon (Ätolien) verkauft wurden. In dieselbe Stadt hatte der Räuber des Knaben seine Beute gebracht und das Kind an einen reichen, alten Herren verkauft, der es an Kindesstatt annahm und zu seinem Erben einsetzte. Der Knabe — Agorastocles — ist zum Jüngling herangewachsen und in das ältere der beiden Mädchen — Adelphasium — verliebt. Der Vater ist nun eben in die Stadt gekommen, um auch hier seine Tochter zu suchen.

Den ersten Akt leitet ein Gespräch des Agorastocles mit seinem Sklaven Milphio ein. Die Liebe verzehrt ihn. Da macht ihm der Sklave einen Vorschlag, um in den Besitz der Geliebten zu gelangen. Der Kuppler Lycus kennt den Verwalter Collybiscus (V. 168), einen Sklaven des Agorastocles, nicht. Diesem soll Agorastocles dreihundert Philipper geben; als fremder Reisender soll er zu Lycus kommen, um dort ein Mädchen zu verlangen. Alsdann soll Agorastocles nach seinem Sklaven verlangen, wobei Lycus als doppelter Dieb überrascht werden wird, da er den Sklaven und das Geld in seiner Hand habe. „Ita decipiemus fovea lenonem Lycum" (V. 185).

Adelphasium und ihre jüngere Schwester Anterastilis treten auf. Sie begeben sich geschmückt zu den Aphrodisia. Agorastocles begrüsst sie; nach kurzem, neckischem Gespräche geht sie ihres Weges, worauf sich Agorastocles Leute holt, welche ihm als Zeugen gegen den Kuppler dienen sollen (V. 439).

Im zweiten[2]) Akte tritt Lycus, der Kuppler, auf. Zu ihm gesellt sich der Soldat Anthemonides, die übliche prahle-

---

[1]) Siehe O. Benndorf in der Zeitschrift f. d. öster. Gym. XXVI, 83. — J. Sommerbrodt im Rhein. Mus. XXXI, 129.
[2]) Nach Rapps Einteilung (die pl. L.), S. 1112.

rische Figur, der sechzigtausend Mann an einem Tage getötet
hat (*V. 464*):

> Quom sexaginta millia hominum uno die
> Volaticorum manibus occidi meis.

Er will, wie uns der Prolog sagte, (*V*. 102):

> Illam minorem in concubinatum sibi
> Volt emere miles quidam, qui illam deperit,

die jüngere Schwester kaufen. Agorastocles kömmt mit Zeugen
(„advocati"), einer Bande, die Milphio trefflich schildert (*V*. 573):

> Tot quidem
> Non potuisti adducere homines magis ad hanc rem idoneos.
> Nam istorunc nullus nefastust: comitiales sunt meri.
> Ibi habitant: ibi eos conspicias quam praetorem saepius.
> Hodie iuris coctiores non sunt, qui lites creant,
> Quam hi sunt, qui si nil est, quicum litigent, lites emunt.

Ihre Aufgabe ist es, den vilicus Collybiscus erst als
Ausländer in des Kupplers Haus zu empfehlen und Zeugen zu
sein, wie dieser dreihundert Philipper von ihm empfängt, um
dann vor dem Prätor zu erklären, dass Lycus dem Sklaven des
Agorastocles in seinem Hause Zutritt gewährte, hinterher jedoch
es leugnete. Alsbald kömmt Collybiscus fremdartig, als freier
Spartaner, gekleidet. Freudig nimmt ihn der Kuppler, dem die
Opfer eben Ungünstiges vorbedeutet hatten, auf; sofort aber naht
Agorastocles und fordert seinen Sklaven. Die Zeugen bestätigen die Schuld des Kupplers, worauf dieser geängstigt ent-
flieht. Diese Szenen haben viel Komisches, allein mit allem Rechte
bemerkt Teuffel,[1] dass diese Intrigue „von einer Verworrenheit
der Rechtsbegriffe, die an einem Römer unbegreiflich ist", zeuge.
„Als ob Aneignen einer Sache, wenn man nicht nur nicht weiss,
dass sie fremdes Eigentum ist, sondern, von der man sogar das
Gegenteil zu glauben, zureichende Gründe hat, irgendwo Diebstahl
genannt würde!"

Milphio naht, um zu sehen, wie sich alles entwickelt
(*V.* 807):

> Expecto, quo pacto meae teciuae processurae sient.

Da kömmt Syncerastus, der Diener des Kupplers. Es
folgt eine Szene, die uns, wie Rapp[2] sagt, die Sitten des Sklaven-
standes mit einer Wahrheit zeichnet, „wie ich mich keiner ähn-
lichen bei Plautus und Terenz erinnere." Syncerastus, voll

---

[1] Studien, S. 274.
[2] Die pl. L, S. 1114.

Hass gegen seinen Herrn, teilt Milphio mit, dass Adelphasium sowohl, als ihre Schwester freigeborne Mädchen aus Karthago seien, eine Botschaft, die Milphio natürlich jubelnd seinem Herrn hinterbringt (V. 907 ff.).

Im dritten Akte tritt Hanno mit einem punischen[1]) Monologe auf. Agorastocles und Milphio nahen im Gespräche. Sie werden den Punier gewahr, und die Versicherung des Milphio, dass er Phönizisch verstehe — er weiss die Worte avo und rufen, dennoch aber „Nullus me est hodie Punus Punior" (V. 981) — führt eine äusserst komische Szene herbei, da Milphio seinem Herrn alles falsch interpretiert, Hanno aber ganz gut Römisch, und somit auch Milphios Lügen, versteht. Der Punier frägt nach seinem Gastfreunde und dem jungen Agorastocles. So ist die Erkennungsszene eingeleitet, die ein Biss, den Agorastocles von einem Affen in der Jugend erhalten hatte, fördert (V. 1061):

> Signum esse oportet in manu laeva tibi,
> Ludenti puero quod memordit simia.

Agorastocles erkennt seinen Oheim und will durch ihn seine Geliebte frei machen. Da kömmt die alte Amme Giddeneme, die Hanno als ihren Herrn, den Hanno Carthaginiensis (V. 1111), „mearum alumnarum pater", begrüsst. Alsbald erscheinen auch die beiden Mädchen, und es folgt die Erkenungsszene, von der Rapp[2]) sagt: sie „ist meines Erachtens über alles Lob erhaben, schöner, als ich etwas im Plautus kenne, dem Dichter des ersten Akts gewiss angehörig, überhaupt nur modernen Dichtern, wie Shakspeare, zu vergleichen". Agorastocles erhält seine Geliebte zur Frau. Nochmal tritt der Kuppler auf. Man verfährt glimpflich mit ihm. Er zahlt dreihundert Philipper und bleibt die Nacht über im Blocke (V. 1348):

> Tantisper quidem
> Vt sis apud me lignea in custodia.

Alle jubeln: „Malum postremo hoc omne ad lenonem redit" (V. 1353).

---

[1]) Vgl J. J. Bellermann, Versuch einer Erklärung der punischen Stellen im Poenulus des Plautus. 3. Progr. (Berlin 1806—1808); E. Lindemann (Schneeberg 1833. 1837); Wex (Schwerin 1838). — F. C. Movers, Die punischen Texte im Poenulus des Plautus kritisch gewürdigt und erklärt (Breslau 1845). — Wex im Rhein. Mus II, 130. IX, 312. XII, 627. J. Hitzig, Rhein. Mus. X, 77. — Ewald in Lassens Ztschr. f. d. Kunde des Morgenlandes, IV, 400 (1842). — J. Derenbourg, Journ. asiat. (1869) 84. — A. M. Malmström, de punicis plaut. Lund. 1871. — G Hennen, de Hanuonis in Poenulo Plaut. precationis, quae fertur recens, altera punica. Marburg 1883.

[2]) A. a. O., 1117.

XV. Poenulus.

Von der letzten Szene liegt auch noch eine andere Redaktion vor.[1]

Die Figuren des Stückes sind die üblichen. Dem liebeskranken Jüngling („adamans per amorem" V. 138), der selber sagt: amo immodeste" (V. 152); „differor cupidine eius" (V. 155), steht an Milphio der Sklave zur Seite, der „sapienter, docte et cordate et cate" (V. 129) handelt, und die keusche Geliebte (V. 99):

> Neque quicquam cum ea fecit etiamnum stupri.

Der Kuppler steht auch hier als der meineidige, schmutzige Schurke, der λέπος (V. 639 u. öfter), ohne Rücksicht da.

Der fremde Dialekt Hannos soll (vergl. 109) andere Lustspieldichter zur Einführung von Ausländern veranlasst haben. Sonst aber sind Nachahmungen des Poenulus nicht beliebt, obwohl es an Aufführungen desselben nicht fehlte. Im Februar 1499 wurde Trinummus und Poenulus und der Eunuchus des Terenz in Ferrara nach dem Berichte des Bembo in einem Briefe an Angiolo Gabbrielli aufgeführt.[2]

Aus dem Jahre 1520 stammt: „Il Penolo", Commedia antica di Plauto nella commune lingua in prosa tradotta. In Vinegia presso il Zoppino; aus dem Jahre 1526 eine weitere Ausgabe aus Venedig (per Nicolò d' Aristotile detto Zoppino), der Neuauflagen 1530 und 1532 folgten.[3]

Dass in der Cassaria des Ariosto sich der Kuppler auf ebenso unjuristische Anklagen hin einschüchtern, zur Flucht treiben und bestrafen lässt, und dass diese Idee Ariosto höchst wahrscheinlich dem Poenulus entnahm,[4] ist bereits (S. 482) bei der „Mostellaria" besprochen worden, mit welcher man das Stück meist in Zusammenhang bringt.

---

[1] Th. Hasper, „De Poenuli duplici exitu. Lips. 1868." — G. Götz, Acta Lips. VI, 253. 326. — C. M. Francken, De Poenuli compositione. Mnemos. (1876). IV, 146. — Ritschl, Parerg. 601.

[2] Fam. epist. 18 cal. mart. 1499. „Tres fabulae actae sunt per hos dies: Plautinae duae: Trinummus et Poenulus, et una Terentii: Eunuchus."

[3] Argelati. III. 236. IV. 359. — Allacci, 250.

[4] Klein. IV, 307.

XVI. Persa.[1]

Das Lustspiel „Persa" (der Perser oder die Perserin),[2] „ein Bedientenstück von einfacher Erfindung, doch teilweise sehr lebendiger Ausführung",[3] wird fast durchgängig von Sklaven gespielt. Es ist für den stellenweise sehr breit gehaltenen Dialog wenig Handlung in dem Stücke.

Toxilus, der Sklave des Timarchides, hat in Abwesenheit seines Herrn das Regiment des Hauses erhalten und spielt, ob er auch wohlwollend und ohne Übergriffe bleibt, doch in einigen Stücken den Herrn, „stabulum seruitutium" (V. 418), wie ihn Dordalus nennt. Er braucht nun Geld, um seine Geliebte Lemniselenis dem Sklavenhändler abzukaufen. Seinem Freunde, dem Sklaven Sagaristio, teilt er in der ersten Szene des ersten Aktes sein Anliegen mit und bittet ihn dringend, ihm das Geld zu verschaffen, was Sagaristio auch verspricht. In der nächsten Szene tritt, in der herkömmlichen Weise gezeichnet, der Parasit Saturio auf; ihn begrüsst Toxilus und macht ihm den Vorschlag, er möge ihm seine Tochter, die Virgo (Rapp und Binder heissen sie Lais), überlassen. Ein Fremder soll sie an den Kuppler Dordalus, der erst seit sechs Monaten von Megara hierher gereist ist (V. 137), als Perserin verkaufen. Ist dann der Kauf vollzogen und das Geld in den Händen des Toxilus, dann mag Saturio seine Tochter als freigeboren zurückverlangen (V. 162):

nam ubi ego argentum accepero,
Continuo tu illam a lenone adserito manu.

Den zweiten Akt leiten Lemniselenis und ihre Dienerin Sophoclidisca, die auf den Wein vor allem andern versessen sind, ein. Letztere erhält einen Auftrag an Toxilus. Als sie ihn eben vollziehen will, naht der Bursche des Toxilus, Paegnium, was zu einer witzigen Szene zwischen den beiden führt. Die Alte kömmt dem Burschen etwas lüstern entgegen.

Unterdessen hat Sagaristio Geld herbeigeschafft. Sein Herr hatte ihn nach Eretria gesandt, um Ochsen einzuhandeln; die dazu bestimmte Summe will er nun seinem Freunde Toxilus zur Ver-

---

[1] Hier zitiert nach der Ausg. von Fr. Ritschl. (Elberfeldae 1853.) — Übersetzt von Rost (Der Perser) 1823 (Progr. 42 S.).
[2] Nach Lessing (Beitr. 50) die Perserin. „Sie hatte sich müssen für eine Persianerin ausgeben, welcher Umstand dann dem Stücke seine Benennung ertheilt hat." S. Rapp, 1488. — Sommer. II, 163. „Le Persan."
[3] Teuffel (G. d. r. L.), S. 151.

fügung stellen. Pägnium kömmt eben dazu und reizt ihn, wie vordem Sophoclidisca, mit spitzigen Worten. Toxilus erscheint und erhält von Sagaristio den Beutel mit dem vollen Inhalte.

In der ersten Szene des dritten Aktes führt Saturio seine Tochter ein. Sie ist zu dem verabredeten Scheinverkauf ungern bereit und widerrät seinem Plane (*V.* 382):

> Necessitate me, mala ut fiam, facis.

Dordalus und Toxilus unterhandeln wegen Lemniselenis; der leno geht, um das Mädchen zu holen. Sagaristio überbringt die Tochter des Saturio; beide sind in persischer Tracht. Sie warten den Augenblick ab, wo nach Verabredung Dordalus und Toxilus im Zwiegespräche des Weges kommen.

Im vierten Akte erscheint Dordalus; zu ihm tritt Toxilus, der ihn bereits erwartet (*V.* 480):

> Hunc hominem ego hodie in trasennam doctis inducam dolis:
> Itaque huic insidiae paratae sunt probe.

Er sagt ihm gesprächsweise, er habe eine Neuigkeit für ihn, und lässt ihm nun einen gefälschten Brief seines Herrn Timarchides (*V.* 501—527) lesen, des Inhalts, dass die Perser jüngst Chrysopolis in Arabien eingenommen hätten (*V.* 507: „Plenum bonarum rerum atque antiquom oppidum"), wobei es reiche Beute absetzte. Der Überbringer des Briefes sei sein persischer Gastfreund, den er gut aufgenommen wissen wolle; er bringe eine feine Sklavin, (*V.* 521):

> Forma expetunda liberalem mulierem,
> Furtiuam abductam ex Arabia penitissuma,

mit sich; Toxilus möge ihm zum Verkaufe derselben nach Kräften behilflich sein. Alsbald zeigen sich Sagaristio und die Jungfrau verkleidet. Die letztere spricht in sehr gewählter Weise („uerba quidem haut indocte fecit" *V.* 563). Dordalus bekömmt Lust, sie zu kaufen. Toxilus thut das Seinige, den Kauf zu vermitteln, dessen Vollzug ihm auch gelingt. Zum Schlusse frägt Dordalus den Perser noch um seinen Namen, der sich auch legitimiert als (*V.* 702):

> Vaniloquidorus Virginesuendonides
> Nugipalamloquides Argentumexterebronides
> Tedigniloquides Nummosexpalponides
> Quodsemelarripides Numquampostreddonides.[1]

---

[1] Bei Rapp (S. 1563):
> Larifaridorus, Jungfernverkaufonides,
> Blaudunstimachides, Geldabzapfidonides,
> Dichrechtanführides, Wasduzahlsteinsteckides,
> Wasausdenhändenduniemalswiederbekommides.

Der Name ist lang; aber (*V.* 707):

> Ita sunt Persarum mores: longa nomina
> Contortiplicata habemus.

Da Sagaristio fort ist, freut sich Dordalus des glücklichen Handels. Saturio aber schickt sich bereits an, seine Tochter zurückzuholen.

Im fünften Akte ist Dordalus noch seines Geschäftes froh, da kömmt Saturio und fordert ihn vor Gericht. Toxilus hat mittlerweile mit Dordalus' Geld seinen Freund Sagaristio bezahlt und feiert nun mit diesem und seiner Geliebten ein Gastmahl. Dem Kuppler ist von gerichtswegen das Mädchen abgesprochen worden. Man zieht ihn zum Gelage, wobei er bereits ahnt, dass Sagaristio der Pseudoperser war, der ihn prellte. (*V.* 829: „tu Persa 's, qui me usque admutilauisti ad cutem".) Er wird von der Gesellschaft geprügelt und beohrfeigt (*V.* 846). „Age sultis hunc ludificemus," fordert (*V.* 833) Toxilus die Gesellschaft auf. Endlich bietet man dem leno, „qui hic mercatur liberas" (*V.* 845), Versöhnung an; jedoch „Conuenisse Toxilum te memineris!" (*V.* 856.) Der Triumphruf des Cantors ist: „leno periit" (*V.* 857); darum „plaudite"!

Dadurch wird, wie Binder[1]) anmerkt, „das Gehässige des offenen Betrugs, um welchen sich die ganze Handlung vom Anfang bis zu Ende dreht, gemildert, dass die öffentliche Meinung gegen die wegen ihrer Niederträchtigkeit und schändlichen Habsucht allgemein verrufenen Kuppler alles und jedes für erlaubt hielt."

Es sind keine neuen Gestalten, die uns der Dichter hier vorführt. Der übermütige Toxilus spielt gewandt die Rolle, die er seinem Herrn abgelauscht haben mag. Sagaristio, der Sklave, der Strafe und Prügel gewohnt ist und mit Trotz hinnimmt, (*V.* 270):

> nil iam mihi noui
> Offerri pote, quin sim peritus;

der vorlaute Pägnio („nullus puero hoc peior esse hodie perhibetur," *V.* 202), die weinliebende Sophoclidisca (*V.* 170) sind wohlbekannte Gestalten; nicht minder der Parasit, der den „ueterem atque antiquom quaestum maiorum" (*V.* 53) treibt, unter dessen Ahnen keiner war, „quin parasitando pauerint uentris suos" (*V.* 56), und den niemand kennt, „nisi ille qui praebet cibum" (*V.* 132).

Das Lustspiel Persa hat keine direkten Nachahmungen aufzuweisen. Die Franzosen schätzten es gering,

---

[1]) A. a. O., S. 7.

weil nur Sklaven vorkommen; Cammerarius nennt das argumentum „exile". ¹)

Es fehlt nicht an Lustspielen, besonders an niedrigeren Possen, welche dieses sehr naheliegende Thema: „Bedientenherrlichkeit während der Abwesenheit der Herrschaft" mehr oder minder drastisch verarbeiten. „Es ist das älteste Prototyp für manche moderne Komposition, unter denen ein englisches Stück: ‚High life below stairs' einen grossen Namen sich erworben hat."²) Allein alle diese Possenschreiber haben selbstredend an Plautus nicht gedacht. Die Idee liegt gar zu nahe, um so weit hergeholt zu werden.³)

XVII. Rudens.⁴)

Der Rudens (das Schiffsseil) des Plautus, „vorzüglicher durch die heitere und witzige Ausführung vieler einzelnen Szenen, als durch die Anlage des Ganzen,"⁵) zählt nicht zu den regelmässigsten Stücken des Dichters; dennoch nennt es Lessing⁶) „eines von den anmutigsten Stücken des Plautus"; auch Rapp⁷) urteilt, „das Stück ist nur unglücklich, oder nachlässig, ent-

---

¹) Rapp (die pl. L.), S. 1487.
²) Ebenda, S. 1487.
³) Vergl. Rapp a. a. O., S. 1488. „Mich erinnerte die Perserin und ihr Vater bald an Victor Hugos Triboulet mit seiner Tochter in dem Stücke ‚Le roi s'amuse', bald an die verkleidete Holländerin in dem englischen Stücke ‚der Londoner verlorne Sohn', das Tieck für ein Jugendwerk Shakespeares hält." — Wie viele Reminiszenzen dieser Art könnte man wohl hier noch anfügen!
⁴) Ausg. von F. V. Reiz (Lpz. 1789); C. E. Chr. Schneider (Breslau 1824); F. H. Bothe (mit Pseudolus und Truculentus) (Lpz. 1840); C. E. Geppert (Berlin 1846); L. E. Benoist (Paris 1864). Hier ist zitiert nach Fleckeisen.
⁵) Teuffel (G. d. r. L.), S. 152.
⁶) Beiträge, S. 50. 51.
⁷) D. pl. L., S. 569. Vgl. auch vordem. „Dieses Stück steht, wie die Captivi, gewissermassen isoliert unter den plautinischen und hat auch wenig Verwandtes im Altertum überhaupt. Der Dichter hat darin Töne angeschlagen, die eigentlich erst die moderne Kunst in die volle Harmonie zu setzen bestimmt war. Denn in einem und vielleicht im Hauptpunkt dieser Gattung ist er nicht so glücklich gewesen, wie neuere, namentlich Shakespeare. Wenn er es auch versteht, reizende Situationen und imaginative Motive durchzuführen, so ist ihm doch die Kunst nicht zu Gebote, seine Mittel auszusparen und den Stoff zu steigern, und es ist ihm damit das Unglück passiert, dass er vornherein zu sehr überrascht, zu interessant ist, schon vor der Mitte des Stückes sich selbst erreicht hat und kulminiert, so dass ein Abfall, ein Mangel, eine Leere sich vordrängt, mehr und mehr zunimmt und zu einem nicht befriedigen-

worfen, hat aber recht schöne, reizende Partien." „Es sollte vielmehr der glückliche Schiffbruch heissen," sagt Lessing.[1]) Der Titel verrät vom Stücke nichts;[1]) der seltsame Name „rudens" ist nur aus der dritten Szene des vierten Aktes entnommen.[2])

Das Lustspiel leitet ein Prolog[3]) ein, gesprochen von Arcturus, dem weissen Gestirne („splendens stella candida" V. 3), der vorerst (V. 1—31) mahnende Worte an die Zuschauer richtet. Im Weitern erfahren wir, dass Diphilos, von dem das Stück stammt (V. 32), die Szene nach Cyrenä (an die Nordküste Afrikas) verlegte. Dort am Meeresstrande lebt Daemones in unverdientem Exile (V. 35):

> Senex qui huc Athenis exul uenit, hau malus.
> Neque is adeo propter malitiam patria caret,
> Set dum alios seruat, se inpediuit interim.

Diesem ward frühe seine Tochter geraubt und dem Räuber von einem Kuppler, der sie nach Cyrenä brachte, abgehandelt worden. Ein Jüngling aus Attika sah sie, als sie „e ludo fidicino" (V. 43) heim ging, verliebte sich in dieselbe und kaufte sie dem Kuppler um dreissig Minen ab. Bei dem Kuppler war ein Gastfreund aus Agrigent, „urbis proditor" (V. 50); dieser riet dem leno, das von dem Jünglinge bereits gekaufte Mädchen nach Sizilien überzusetzen, dort gebe es Wüstlinge genug; „ibi eum potesse fieri diuitem" (V. 55). Der Kuppler lässt sich bereden, er rüstet ein Schiff und meldet dem Jünglinge, er habe der Venus ein Gelübde zu lösen (V. 60), weshalb er den jungen Mann zum Tempel der Göttin rief. Statt aber dort mit diesem zusammenzutreffen, segelte er mit dem Mädchen heimlich ab. Nun, sagt Arcturus, griff ich ein (V. 67):

> Ego quoniam uideo uirginem asportarier,
> Tetuli et [ei] auxilium et lenoui exitium semul.

---

den Schlusse führt. Es ist der Anblick eines übermütigen Renners, der über Kräfte anläuft, auf halber Bahn erlahmt und um der getäuschten Erwartung willen uns doppelt zuwider ist."
[1]) Teuffel, Studien, S. 276. „Vom Rudens sollte man meinen, er müsse nach der Cistellaria und der Vidularia verfasst sein; denn es liegt auf der Hand, dass nach seinem Inhalte einer der beiden letztern Namen für das Stück weit passender und natürlicher gewesen wäre, als der wirklich gewählte, und es kann für die getroffene Wahl kaum ein anderer vernünftiger Grund gedacht werden, als der, dass die beiden näher liegenden Titel durch frühere Stücke bereits vorweg genommen waren. Nur aber ist mit dieser Bemerkung sehr wenig geholfen; denn von der Vidularia haben wir nur magere Bruchstücke, und von der Cistellaria wissen wir wenigstens die Abfassungszeit nicht" u. s. w.
[2]) V. 938. Dum hanc tibi quam trahis *rudentem* conplico.
V. 1031. Vt abeas, *rudentem* amittas, mihi molestus ne sies.
[3]) R. Dziatzko im Rhein. Museum, XXIV, 570. — Teuffel, Studien, S. 256.

Er erregte einen entsetzlichen Sturm; „nam signum Arcturus
omnium sum acerrumum" (*V.* 70). Das Mädchen und seine Be-
gleiterin sprangen, als das Schiff des Kupplers borst, in ein
Boot (*V.* 75); der Kuppler und sein Freund blieben auf einem
Schiffe sitzen. Alsbald gelangen die beiden Mädchen zum Hause
des Dämones.

Dieser mit Recht von Rapp[1]) als „romantisch" bezeichnete
Prolog war notwendig, um uns in die Situation einzuführen. Nun
beginnt das Stück.

Im ersten Akte stehen wir vor des Dämones Haus.
Schon im Prologe erfuhren wir, dass die Dachziegel vom Sturme
heftig gelitten haben (*V.* 78; 85). Der Sklave Sceparnio ist
eben am Hause beschäftigt; „non uentus fuit, uerum Alcumena
Euripidi" (*V.* 86). Da tritt der junge Plesidippus mit drei
Begleitern auf, um den Kuppler zu suchen, und eilt nach einge-
zogenen Erkundigungen wieder ab. Palästra, eben dem Meere
entkommen, erscheint; alsbald Ampelisca; die beiden Mädchen,
welche glaubten, von einander getrennt zu sein, sehen sich mit
grosser Freude wieder. Die Priesterin der Venus tritt aus dem
Tempel und nimmt die beiden Schutzflehenden bei sich auf.

Der zweite Akt beginnt „recht opernhaft"[2]) mit einem
Fischerchor.[3]) Er enthält eine vortreffliche Schilderung des
Fischerlebens. Trachalio, der Sklave des Plesidippus, tritt
auf. Alles ist geschehen, wie er es voraussagte (*V.* 325):

> Data uerba ero sunt: leno abit scelestus exulatum.
> In nauem ascendit, mulieres auexit: ariolus sum.

Da er eben zur Venuspriesterin will, kömmt ihm Ampelisca
aus dem Tempel heraus entgegen. Von ihr erfährt er den Schiffbruch des Kupplers, und dass ihnen dieser ein Kästchen ab-
nahm, das nun mit seinem Mantelsacke das Meer verschlang, in
welchem Gegenstände enthalten waren, die auf die Spur von
Palästras Eltern führen konnten (*V.* 389). Es folgt nun eine
Szene zwischen Sceparnio und Ampelisca, welche im Auf-
trage der Venuspriesterin am Brunnen Wasser zu schöpfen kam,
eine Szene, welche Rapp[4]) als „die schönste Partie des Stücks,
ein Idyll für sich, mit so lebenswarmen Zügen gezeichnet, dass
das ganze Stück darunter leidet", bezeichnet. Sceparnio ist
von der „lepida mulier" (*V.* 415) hingerissen und schöpft ihr,
da sie ihn „mea uoluptas" (*V.* 441) genannt hat, Wasser. Plötz-

---

[1]) A. a. O., 573.
[2]) Ebenda, S. 569.
[3]) Teuffel, G. d. r. L., S. 23. (16, 3.)
[4]) S. 570 (8).

lich erblickt sie in der Ferne den Kuppler und eilt von dannen. Sceparnio kömmt mit dem gefüllten Eimer zurück und hält einen hübschen Monolog, wie schön eigentlich das Wasserschöpfen sei (*V.* 458):

> Pro di inmortales, in aqua numquam credidi
> Voluptatem inesse tantam: ut hanc traxi lubens.
> Nimio minus altus puteus uisust quam prius.
> Vt sine labore hanc extraxi

u. s. w. Allein er findet seine Ampelisca nicht mehr.

Der Kuppler **Labrax** mit seinem Gastfreunde **Charmides** tritt auf und hält diesem ernstlich böse vor, dass er mit seinen Vorspiegelungen ihn aufs Meer gelockt habe. Am meisten bejammert Labrax den Verlust der beiden Mädchen. Sceparnio kömmt vom Tempel zurück und begreift nicht, warum dort die beiden Mädchen das Bild der Venus umschlungen halten. Labrax hört es und ist sofort überzeugt, dass dies seine beiden Mädchen sein müssen. Sogleich bricht er in den Tempel ein. „Intro rumpam iam huc in Veneris fanum" (*V.* 570). Nach einiger Zeit folgt ihm **Charmides.**

Den dritten Akt leitet **Dämones** ein; er hatte einen Traum. Ein Affe wollte zu einem Schwalbenneste emporklimmen, und da es ihm nicht gelang, bat er Dämones um eine Leiter. Dieser schlug sie ihm ab, da wurde der Affe grob und rief ihn vor den Richter. Dort ergriff er den Affen und fesselte die Bestie. Während dieses Selbstgespräches hört man Lärm vom Venustempel her. **Trachalio** stürzt aus demselben und ruft die Leute von **Cyrenä** herbei, um Hilfe zu leisten; zwei Mädchen würden von dort mit Gewalt herausgezerrt und die Priesterin selbst beleidigt (*V.* 641 ff.). Dämones ruft seine Knechte; sie dringen in den Tempel ein, und Dämones folgt ihnen selbst. **Palästra** und **Ampelisca** fliehen aus demselben. Alsbald schleppen die lorarii des Dämones den Kuppler **Labrax** herbei. Er behauptet, die Mädchen seien Sklavinnen. Daemones jedoch vermutet sofort, er sei jener Affe aus seinem Traumgesichte und lässt ihn überwachen. **Plesidippus** und **Trachalio** kommen dazu. Plesidippus will ihn vor den Richter führen, wohin **Charmides** ihm folgt (*V.* 890):

> Verum tamen ibo, ei aduocatus ut siem,
> Siqui mea opera citius addici potest.

Den vierten Akt beginnt **Daemones**, bis ihn seine Frau, welche bereits auf die beiden Mädchen eifersüchtig wird, zu Tische ruft. — Der Fischerknecht **Gripus** tritt auf; er hat zwar keine Fische, aber den Mantelsack des Kupplers aus dem

Meere gezogen. Trachalio sah ihm hierbei zu und verfolgt
nun seine weiteren Schritte. Er beginnt mit ihm einen Streit
um den Besitz des Mantelsackes, einen Streit „so ganz seerecht-
licher Natur, dass man sich in die Seele eines ewig prozessieren-
den Atheners hineindenken muss, um in einem romantisch einge-
führten Stück in der Ordnung zu finden, dass es zur Hälfte und
mehr in wirklichen Prozessverhandlungen besteht". [1]) Dämones
kömmt mit den zwei Mädchen, Trachalio verrät den Fund des
Gripus und seinen Inhalt, und so erkennt Dämones in Palästra
seine längst verlorene Tochter.

Den fünften Akt eröffnet der glückliche Vater Daemones.
Er will seine Tochter dem jungen Plesidippus zur Frau geben,
da er von ihrer Liebe erfahren hat. Nochmal macht Gripus
Versuche bei Dämones, den aufgefischten Mantelsack sich zu
erstreiten. Unterdessen hat Trachalio seinem Herrn Plesidippus berichtet, was mit Palästra vorging, und seine Freiheit
erhalten. Jubelnd eilt er herbei, nachdem Labrax vom Richter
Palästra abgesprochen wurde. Labrax will nun Ampelisca
holen, um sie, „de bonis quod restat reliquiarum" (V. 1287), heim-
zuführen.

Gripus kann noch immer den ihm abgenommenen Mantelsack nicht verschmerzen. Labrax hört seine Klagen. Er bietet
ihm drei-, vier-, fünfhundert u. s. w. Drachmen, zuletzt ein
„talentum magnum" (V. 1330), um ihn zurückzuerhalten, da er
allerlei enthalte (V. 1318):

> Talentum argenti commodum magnum inerat in crumina,
> Praeterea sinus, cantharus, epichysis, gaulus, cyathus.

Dies beschwört er bei der Venus Cyrenensis (1338).
Daemones naht; er giebt Labrax den Mantelsack unver-
sehrt zurück:

> Omnia insunt salua: una istiuc cistella exceptast modo
> Cum crepundiis, quibus hodie filiam inueni meam.

(V. 1362). Infolgedessen verlangt Gripus sein versprochenes
Talent. Labrax weigert sich. Daemones hält ihn zur Zahlung
an; allein fügt er bei (V. 1384):

>   quod seruo meo
> Promisisti, meum esse oportet.

Auch hierzu lässt sich Labrax herbei. Gripus wider-
streitet heftig; Daemones aber löst die Sache anders: er nimmt
das Talent; um die eine Hälfte soll Gripus, um die andere

---

[1]) Rapp a. a. O., 570.

Ampelisca frei werden. Labrax stimmt ein. Gripus erfährt nichts, da Dämones leise mit dem Kuppler verhandelt. Erst des Dämones Einladung an Gripus und den Kuppler „Vos hodie hic cenatote ambo" (V. 1423) zeigt ihm seine Freilassung (die „manumissio per mensam") an.

Die Handlung des Stückes ist eine ziemlich reichhaltige. Auf Dämones liegt ihr Schwerpunkt. Seine ernste Ruhe und sein würdiges Auftreten, ob auch er der Liebe nicht völlig unzugänglich (V. 896) und seiner Frau gegenüber etwas furchtsam ist (V. 1046: „Metuo propter uos mea uxor ne me extrudat aedibus"), halten und lösen das Stück in befriedigender Weise.

Plesidippus, der „adulescens strenua facie, rubicundus, fortis" (V. 313), hat einen treuen Gehilfen an seinem Diener Trachalio, der alles für seinen Herrn übernimmt, und dessen Versicherung (V. 1271): „Quod rogas, censeo" sich überall als wahr erweist.

Eine höchst liebliche Gestalt ist Palästra. Mit drei Jahren hat sie ihren Vater verloren (V. 744: „Trima quae periit mi"), doch denkt sie stets ihrer Eltern (V. 216):

> Haec hauscitis, mei parentes, me nunc miseram ita esse uti sum:

Sie wiederzufinden, ist ihre einzige Hoffnung; darum geht ihr das Kästchen über alles (V. 1144):

> O mei parentes, hic uos conclusos gero!
> Huc opesque spesque uostrum cognoscendum condidi.

Kindespflicht ihren Eltern gegenüber üben zu dürfen, wäre ihr höchstes Verlangen (V. 190 ff.). Lieblich naiv zeigt sie sich in der Szene, da Labrax ihr neuerdings nachstellt. Unendlich viel Wahres liegt in ihrer Rede. Entschlossen ruft sie (V. 684):

> Certumst moriri quam hunc pati [grassari] lenonem in me;

schnell aber obsiegt die Weiblichkeit wieder:

> Set muliebri auimo sum tamen: miserae [quom ucuit] in mentem
> Mihi mortis, metus membra occupat.

Ampelisca, die „lepida mulier" (V. 415), ist etwas freier gezeichnet. Sie ist voll Lustbarkeit („mea hilara," V. 420), und selbst im Unglücke verlässt sie der gute Humor nicht. Sie nennt sich „aetatem hau malam male" (V. 337). Sceparnio entwirft in der mehr genannten Szene (II, 3) ein reizendes Bild von ihr (V. 421):

> Veneris ecfigies haec quidemst.
> Vt in ocellis hilaritudost: hein corpus quoius modi:
> Subuolturinust, illut quidem ‚subaquilinum' uolui dicere.
> Vel papillae quoius modi: tum quae indoles in suauiost,

die selber sagt (*V.* 425):

> Non ego sum polluta pago.

Der Kuppler **Labrax**, „cum inraso capite" (*V.* 1303), ist als solcher schon der Spott der Leute (*V.* 1284):

> Nam lenones ex gaudio credo esse procreatos:
> Ita omnes mortales, siquid est mali lenoni, gaudent.

Das Schiff scheitert, das einen solchen Schurken trägt (*V.* 505), einen Kuppler, dessen Name alles Schändliche in sich birgt (*V.* 651):

> Fraudis, sceleris, parricidi, periuri plenissumus,
> Legirupa, inpudens, inpurus, inuerecundissumus:
> Vno uerbo apsoluam: lenost: quid illum porro praedicem?

Plesidippus schildert ihn (*V.* 125):

> Ecquem tu hic hominem crispum, incanum uideris,
> Malum, periurum, palpatorem,

und derber noch **Trachalio** (*V.* 316):

> Ecquem
> Recaluom ac silonem senem, statutum, uentriosum,
> Tortis superciliis, contracta fronte, fraudulentum,
> Deorum odium atque hominum, malum, mali uiti probrique plenum.

Wie der in jeder Komödie meineidige Kuppler mit dem Eide umspringt, sehen wir hier sich vor unsern Augen entwickeln. Seinen Grundsatz (*V.* 1355):

> Meus arbitratust, lingua quod iuret mea,

führt er Gripus gegenüber praktisch durch (*V.* 1373):

> Iuratus sum, et nunc iurabo, siquid uoluptatist mihi:
> Ius iurandum rei seruandae, non perdundae conditumst.

Der zweifelhafte Freund des Kupplers, **Charmides**, trägt zur Komik einzelner Stellen wesentlich bei.

Sceparnio ist trotz seiner rauhen Aussenseite, und ob er auch einem Manne gleicht, der Sklaven zum Markte treibt (*V.* 584, „uenalis illic ductitauit, quisquis est"), und herzlos scheint („non est misericors," *V.* 585), doch ein „peculiosus seruos adprobe" (*V.* 112), und dass er, wenigstens Ampelisca gegenüber, nicht gefühllos ist, haben wir zur Genüge gesehen.

Die Priesterin der Venus ist eine ehrwürdige Frau (*V.* 406, „neque digniorem censeo uidisse anum me quemquam"), welche, obgleich selbst dürftig voll Mitleid gegen andere ist (V. 281: „Misericordior nulla mest feminarum.")

Hervorragendes Interesse bietet noch die Gestalt des Gripus. Er trägt sich mit kühnen Gedanken.[1]) Eine grosse Stadt will er bauen, die seinen Namen tragen soll (V. 934: „Oppidum magnum commoenibo: ei ego urbi Gripo indam nomen"). Er berechnet, was alles ihm der Mantelsack eintragen wird, obwohl der künftige „rex" jetzt noch „aceto prausurust et sale" (V. 937). Wiewohl er zu seinem Herrn sagt (V. 1234): „Isto tu 's pauper, quom nimis sancte pius 's," erweist er sich doch sonst als einen getreuen Diener, der rührig für seinen Herrn arbeitet und nichts so sehr verabscheut, als die Trägheit (V. 922 ff).

Eine interessante Modernisierung des Rudens ist Lodovico Dolces Komödie „Il Ruffiano".[2])

An die Leser heisst es: „La presente Comedia, gia piaceuole inuentione di Plauto o di Autore greco, da cui egli la si togliesse, fu dal medesimo intitolata Rudente da quello funi, onde sono sostenuti le reti de pescatori: hora sotto nome di Roffiano, dalla persona ch' interuiene, come altre volte sotto quello di TA. si rappresenta." Der Prologo bezeichnet die Komödie als „fatta di uecchi panni, ma questo ui dee essere inditio della sua bontà; perche le cose uecchie sono migliori che le nuoue ... Vedrete adunque la nostra Comedia uestita di habito antico, e ridrizzato alla forma moderna."

I. Akt. Lorenzino (Plesidippus) spricht von den Leiden der Liebe. Er ist begeistert von seiner Lauretta, welche der Kuppler mit sich fortnahm, und die er nicht mehr auffinden kann. Allein und sorgenvoll irrt er an diesem Gestade, da tritt Malpensa (Sceparnio) aus dem Hause. Was für Sceparnio Alkmenes Sturm war (V. 86), ist Malpensa die Sintflut, „al tempo di Noè." So war der Sturm dieser Nacht. Lorenzino schreitet auf ihn zu und trägt ihn: „Haresti per auentura, fratellino da bene, ueduto in questo paese un' huomo co capeli rizzi, col naso schiacciato, con le mascella grandi, con due peluzzi in barba, con guatatura torta, nero come un carbone?" dieselbe

---

[1]) Von seinem Monolog sagt E. Sommer („Les comédies de Plaute") II, 316: „L'on admirera son monologue qui n'est pas sans analogie avec le Pot au lait de notre la Fontaine."

[2]) Il Ruffiano. Comedia di M. Lodovico Dolce, tratta dal Rudente di Plauto. Di nuovo ricorretta e ristampata. In Vinegia appresso Gabriel Giolito de' Ferrari. 1560 (48 fol.). Klein. IV, 828. — Nochmal einen Ruffiano brachte 1638 Lorenzo Stellato.

Frage, welche Plesidippus (*V.* 125), jedoch an Dämones,
stellt. Hierher, lautet Malpensas Erwiderung, kommen nur
solche, „che hanno per diuenir santi a Roma." Malpensa ist,
gleich Sceparnio, eine ganz hübsche Figur; er ist um keine
Antwort verlegen und hat Überfluss an witzigen Worten. Wenn
ihm Lorenzino anvertraut, dass er liebe, und dass ihn die Liebe
treibe, wundert er sich. Warum treibst du nicht vielmehr jene?
„Perche non spingete lui ancora?" Lorenzino erzählt weiter, wie
er aufs höchste gegen den Kuppler erbittert sei. Ganz Chioggia
habe er vergeblich durchsucht, um ihm auf die Spur zu kommen,
nun wolle er auch noch die Kirche nach ihm durchforschen,
welche hier das fanum Veneris (*V.* 128) vertritt.

Isidoro (Daemones) tritt auf mit einem Vergleiche zwischen
dem Alter und der Jugend. Dann wendet er sich an seinen
Diener Malpensa, im allgemeinen nach Plautus (*V.* 98 ff.). Das
Landhaus muss ausgebessert werden; „ha piu occhi che non ha la
coda d' un pauone." (*V.* 102, „nunc perlucet ea quam cribrum
crebrius.) Zu Isidoro gesellt sich sein Nachbar, der alte
Lucretio, der jüngst erst hier eingemietet hat. Er beginnt
mit einem Fluche auf die Ehe und die Weiber und erzählt seine
Geschichte. Er hatte in Venedig ein reiches Handelshaus. Sein
Sohn fing mit einem Mädchen eine Liebschaft an, das bei einem
Kuppler erzogen worden war. Da seine Frau dies Verhältnis
durchaus nicht dulden wollte, entfloh vor einem Vierteljahre sein
Sohn, und auch der Kuppler hat sich fortgemacht. Die Frau
trifft alle Schuld. Missmutig brach der Alte auf, verliess Venedig
und seine Frau, mietete hier „queste pepponaie" in Chioggia
und will nun von allem nichts mehr wissen. Isidoro tröstet
ihn, sein Sohn werde wieder kommen; es treten ihm jedoch
selber dabei die Thränen in die Augen; denn er gedenkt seines
Töchterchens, seines einzigen Kindes, das ihm im letzten Kriege
spurlos verschwand. Malpensa selber möchte weinen, aber er
kann es nicht, „auanti che io non habbia beuuto: che pare se
io non beuo che gli occhi miei siano asciutti." Darum geht er
zum Trinken.

II. Akt. Malpensa sieht vom Dache des Hauses aus eine
Barke, in welcher sich zwei Mädchen befinden, im grossen
Ganzen nach *V.* 162 ff. — Dem klagenden Lorenzino, der
auch in der Kirche seine Lauretta nicht fand, erzählt Malpensa, was er eben erblickte, worauf dieser nach dem Hafen
eilt. Indessen bei Plautus Palästra und Ampelisca sich auf
einige Zeit verlieren und erst auf der Bühne wieder finden, treten
hier Lauretta und Giulia mit einander durchnässt auf. Ihre
einzige Freude ist, dass der Kuppler im Meere versank; doch
jammert Lauretta um ihren Lorenzino; lieber wollte sie von

tausend Wölfen gefressen, als noch an einen andern Mann vergeben werden. Anders denkt hierüber die heitere Giulia.

Crespo, Lorenzinos Diener, verbreitet sich über die verschiedenen Arten von Herren. Der seinige gehört zu denjenigen, welche in einem Augenblicke hundert Befehle geben; „come se egli si potesse in una volta abbaiar, mordere, soffiare e sorbire." So soll er jetzt Lauretta suchen, beim Schiff bleiben, nach dem Kuppler forschen, Chioggia ausspionieren u. s. w. Ohne erst, wie bei Plautus (V. 306—330), sich bei den Schiffern zu erkundigen, trifft Crespo hier sofort Lauretta und Giulia, während Trachalio späterhin nur auf Ampelisca stösst. Lauretta erzählt, wie der Kuppler sie zu Schiffe gebracht, wie sich ein Sturmwind erhoben habe, und wie sie kaum sich retteten. Doch ihr „catenino d'oro" und ihre „paternostri di ambra," sind mit dem Kästchen, in welchem sie lagen, vom Meere verschlungen worden. Wertvoll zwar waren sie nicht, sonst hätte sie der Kuppler längst zu sich genommen; aber auf die Spur ihrer Eltern hätten sie führen können (V. 390). Die Mädchen gehen in die Kirche, um ihre Kleider zu trocknen.

Eingeschoben ist ein kleiner Monolog Lorenzinos über seine Liebe zu Lauretta. Giulia klopft an Isidoros Haus und stört den eben einige Stanzen vortragenden Malpensa. Sceparnios: „Quist qui nostris tam proterue foribus facit iniuriam" (V. 414) giebt zu weiteren Witzworten Veranlassung; doch ist die folgende hübsche Unterredung Sceparnios und Ampeliscas nicht verwertet. Malpensa holt auf Giulias Bitte Wasser; diese erblickt zu ihrem Entsetzen den Kuppler und eilt ab. Vor Malpensas Monolog über die Süssigkeit des Wassertragens für Giulia hat Dolce eine Szene zwischen dem Kuppler und dem hostiere gesetzt, in welcher der Kuppler dem letzteren bittere Vorwürfe macht, dass er ihn veranlasst habe, Venedig zu verlassen; im Ganzen genau der Dialog des Labrax und Charmides im Originale. — Malpensa kömmt mit den Wassereimern: „Doue entra amore, le fatiche sono piaceri." Die Idee ist nach V. 459—485, der Monolog jedoch wesentlich gekürzt. Aus den wenigen Worten, welche nachher Malpensa mit den beiden Fremden wechselt, ersieht er, dass es sich um das Mädchen handle, welches ihm den Eimer übergab. Da dieser ins Kloster gehört, geht er gleichfalls dorthin.

III. Akt. Malpensa hat die Mädchen bitter weinend angetroffen, und ein „valentuomo", welcher bei ihnen nahe war, jagte ihn weiter, „come si caccia una pecora." Aus Rache dafür verrät er dem Kuppler und seinem hostiere, dass sie in der Kirche sind, ganz nach Plautus (V. 564):

Scep.	Hic in fano Veneris.
Labr.	Quot suut?
Scep.	Totidem quot ego et tu sumus.
Mal.	Le giouane che perdute hauete sono in quella Chiesa.
Sec.	Quante sono elle?
Mal.	Quanti saressimo tu & io.

Malpensa will die Liebe, die ihn so rasch gefesselt hat, wieder vergessen; denn „se subito non si leua, egli fa doppio male & con fatica si manda fuori".

Eine neue Szene hat Dolce eingeschoben, die hinsichtlich der Prahlereien des Kupplers an den Miles gloriosus erinnert und auch etwas die Szene des Amphitruo nahelegt, wo Mercur-Sosia von seinen Thaten spricht, um Sosia abzuschrecken. Crespo bangt um die zwei Mädchen in der Kirche. Er will dem Kuppler Schrecken einjagen, andrerseits aber schneidet auch dieser gewaltig auf in der gleichen Absicht. So ganz Pyrgopolinices lässt sich der Secco, Kuppler, vernehmen: „Tutto l' ho guadagnato con queste pugna. Pensate se elle mi daranno ancora le giouani. Et quando e non bastasse l' amazzare un' huomo, raccordate quando con un pugno spezzai un elmo in testa a uno Svizzero, come egli fosse stato di cartone? & a un Francese ruppi le ossa come fanno i Baccigli . . . . . Et quando io cominciò, non ueniste miga a metterui in mezzo, perche alhora io diuengo cieco, & nella furia do cosi a gli amici come a i nimici" u. s. w. Bei dem in den Klassikern so sehr bewanderten Dolce geht man nicht irre, wenn man darin Reminiszenzen an Plautus sucht. Crespo lässt sie gewähren, um sie endlich ins Netz zu locken.

Nun geht die Szene wieder auf Plautus (V. 615 ff.) über. Isidoro tritt aus seinem Hause, da eben Crespo die beiden Fremden in die Kirche sperrt. Laut schreit nun Crespo, die Kirche werde entweiht, die Kruzifixe zu Boden geworfen, alles entheiligt; Lutheraner, Leugner der päpstlichen Schlüsselgewalt und der Fasttage, seien drinnen. „Sono Lutherani: due ghiotti della scola di Martin Luthero . . . Essi hanno rotta la cassetta da i danari con dire che le limosine non ugliono, che noi siam predestinati . . . . che 'l Papa non ha le chiaui & che non puo aprire ne serrare . . . che non si dee digiunare, ne far quaresima, ne mangiar pesce di Venerdi ne di Sabbato . . . ." — eine hübsche Rückwirkung der Reformation auf das fromme Italien von 1550! Sofort werden Leute gesammelt, um die Häretiker zu strafen. So ist aus dem plautinischen Tempelschänder (V. 650), „qui deos tam parui pendit (V. 646); qui sacerdotem audeat uiolare" u. s. w., unter Dolces Modernisierung ein Protestant geworden, ein Mann, der soeben für das Gegenteil — die Erhebung Gottes und die Würde seiner Priester — stritt, zur selben Zeit, da, um bei unserm Thema zu bleiben, die Schamlosigkeit des italienischen Lustspiels, wie es zumeist dort die Kleriker pflegten,[1]) den Massstab des Glaubens und der Sitte jenes Landes in jeder Szene bietet.

IV. Akt. Die beiden „Lutheraner" sind gefesselt worden. Das eine der Mädchen jedoch, „la maggioretta," erinnert Isidoro auffällig an seine verlorne Tochter. Da ihm Crespo sagt, Lauretta sei eine Trenigiana, erklärt Isidoro, auch er stamme von daher. Crespo meint, er solle das Mädchen in sein Haus führen. Isidoro aber wagt dies nicht; „che io ho una donna cotanto maladetta che subito si darebbe a credere che elle fossero ree femine & caccierebbe di casa & me & loro;" ein Motiv, das in diesem Stücke nur angedeutet (V. 895):

> Set uxor scelesta me omnibus seruat modis,
> Nequi significem quidpiam mulierculis,

im Mercator weiter durchgeführt ist. Er will sie also, da er sie nicht verstossen kann, zu seinem Nachbarn thun, „perche egli è buono huomo & da bene."

Vergeblich hat indessen Lorenzino allenthalben seine Lauretta gesucht. Er spricht, wie schon in einem früheren Auftritte, von Selbstmord, falls er sie nicht fände. Mittlerweile ist der alte Lucretio hocherfreut, in dem einen der zwei Mädchen, die Isidoro in sein Haus brachte, die Geliebte seines Sohnes entdeckt und gehört zu haben, dass auch dieser hier weile. Er erzählt sodann den Traum von den Schwalben und dem Affen, genau wie bei Plautus (V. 594), nur dass ihm dort Dämones träumte.

Tagliacozzo, Lorenzinos Diener, hat unterdessen den Versuch gemacht, bei Simona, der Mutter seines jungen Herrn, für diesen fünfzig Scudi zu bekommen. Er erzählte ihr eine Lügengeschichte, dass ihr Sohn bei einem Schuhmacher sei, dessen Tochter er ehelichen müsse, zu welchem Zwecke er dieses Geld bedürfe. Simona glaubte ihm nicht und schickte ihn mit leeren Händen fort; doch aber liess ihr die Sache keine Ruhe. Sie fuhr nach Chioggia, ungeachtet ihres Schwures, ihren Gatten nie wieder aufzusuchen, und, hier angekommen, begegnet sie Tagliacozzo. Dieser macht ihr ein langes Märchen vor. Ihr Mann habe es den Türken nachgemacht und sich einen Harem gegründet: „egli ha tolte tante moglie quante egli puo pascere,

---

[1]) Lehrreich für diesen Punkt ist K. v. Raumer, Geschichte der Pädagogik vom Wiederaufblühen klassischer Studien bis auf unsere Zeit. Stuttgart 1843. I, 55. 56.

& far loro le spese. Zunächst habe er zwei Weiber genommen.
Simona ist aufs höchste erbittert über die beiden; Tagliacozzo
aber erringt die gewünschten fünfzig Scudi. — Simona — „parena
un Drago che soffiasse fuoco per la bocca" — wirft Lauretta
und Giulia zum Hause hinaus in einer vielleicht dem Mercator
nachgeahmten Szene. Sie suchen Hilfe bei Isidoro; aber
auch über diesen fällt das gekränkte Weib her. Sie fordert ihre
Mitgift und, was ihr gehört, hinausbezahlt zu erhalten. —
Tagliacozzo bringt mit dem Gelde Lorenzino die frohe
Botschaft, dass Lauretta hier sei, und will ihn sofort zu ihr
führen.

Nach diesen Episoden, die Plautus nicht kennt, geht das
Stück wieder auf das Original (*V.* 906) zurück. Merenda, der
plautinische Gripus, freut sich des aus dem Meere gezogenen
Schatzes. Nun ist er ein gemachter Mann. Zu ihm gesellt sich,
wie im Originale, Crespo, der ihn wegen seines Fanges zur Rede
stellt: „Odi, galant' huomo, se tu pigli pesce, egli è tuo, perche
e nasce in mare: ma se tu pigli Tasche, non nascono nel mare."
Während ihres Wortwechsels kömmt Isidoro mit den Mädchen
und verspricht ihnen seinen Schutz. Sie erkennen die Kassette
und den Inhalt derselben. Lauretta berichtet, dass ihr Vater
aus Trenigi, ihre Mutter Brigida de i Lomellini war, worauf
die Erkennung folgt. Sie gehen ins Haus, wie bei Plautus,
zu ihrer Mutter. Auch Merendas Worte: „O sciaurato che fu io
a non guardarmi ben d' intorno prima che io trahessi fuori la
rete dell' acqua. Mi uien uoglia d' impiccarmi," stammen aus
Plautus (*V.* 1184):

Sumne ego [homo] scelestus, qui illunc hodie excepi uidulum?
Aut quom excepi, qui non alicubi in solo apstrusi loco?

Quid meliust quam ut hinc intro abeam et me suspendam clanculum.

V. Akt. Tagliacozzo sieht ein, dass er eine riesige Ver-
wirrung verursacht habe, welche gelöst werden müsse. So erzählt
er Simona eine weitere Fabel, dass ihr Sohn sich von der
Schuhmachertochter loszumachen gewusst habe und sie nun nicht
zu heiraten brauche. Auch die Sache mit den beiden Mädchen
bringt er ins Reine.

Hocherfreut sendet Isidoro zu Lucretio, sein Sohn möge
seine wiedergefundene Tochter heiraten. — Merenda ist un-
tröstlich über den Verlust seines Fanges; erbitterter aber ist der
Kuppler, dass er „che da' primi anni fui alleuato nelle scole de'
mariuoli, de' barrattieri & truffatori, mi sono lasciato cogliere a
un famiglio." Er, „il quale non uidi mai libro ne carta di
Lutherano alcuno," kam so übel an. Es bleibt ihm nichts übrig,

als sich in Güte an Lorenzino um die fünfzig Dukaten zu wenden und alle Schuld auf den hostiere zu schieben.

Unterdessen hat Lorenzino alle diese freudigen Mitteilungen von Crespo gehört. Zum Schlusse veranlasst Tagliacozzo den Kuppler zur Flucht, indem er ihm vorstellt, dass es ihm schlecht ergehen werde, nachdem das Mädchen seinen Vater wieder gefunden habe. Der Schluss ist im allgemeinen nach Plautus.

Dolces Stück ist eine frische, lebhafte Komödie, in welcher es dem Dichter gelungen ist, von mancherlei neuen Verkettungen und Intriguen nicht ohne Vorteil Gebrauch zu machen.

Eine spätere italienische Übersetzung stammt von Redi: „Il Rudente di Plauto col Testo latino a canto, onde chi legge possa agevolmente raccorre, se la versione in Versi toscani sciolti corrisponda alla venustà del Dramma Latino di Monsg. Balì Gregorio Redi im zweiten Bande seiner Werke. Vened. (Recurti) 1751.[1])

In England erschien im Jahre 1694. „Rudens." A comedy translated from Plautus by Lawrence Echard.[2]) — Über die amerikanische Bearbeitung (von St. Louis 1884) war oben (S. 44) die Rede. Die amerikanische Bearbeitung hat sich genau an das Original gehalten. Der leno ist, wohl leicht erklärlich, zum slave-dealer geworden. Nur weniges erscheint gekürzt. So fehlt der launige Traum des Dämones (V. 747; infolge davon natürlich V. 771 ff.). — Die erste Szene des vierten Aktes (V. 892—906) ist ausgeblieben; auch die Reden des Gripus sind stark zugeschnitten (z. B. V. 1193—1208).

Einiges ist im Englischen sehr gut ausgedrückt worden. Das Wortspiel mendicus und medicus (V. 1304):

Grip. Quid tu? num *medicus* quaeso 's?
Labr. Immo edepol una litera plus sum quam *medicus*.
Grip. Tum tu *Mendicus* es?

lautet trefflich im Englischen:

Grip. Pray, are you a *medical* man?
Labr. No by Pollux, I'm one letter more than a *medicant*.
Grip. Are you then a *mendicant*?

---

[1]) Argelati. III. 236.
[2]) Halliwell, pag. 217. This play together with two others from the same author are published in one volume and dedicated to Sir Charles Sedley.

Zum Schlusse sprechen alle noch die Verse:

> Farewell, dear friends, now give applause
> And happy live by fate's fixed laws.

Dass der romantische Teil des Rudens an manches andere, z. B. auch an einzelnes bei Shakespeare, erinnert, ist Zufall. Es ist richtig, wenn es bei Rapp[1]) heisst: „Es lässt sich hier selbst der Stoff mit einem Shakespearischen Stück noch zusammenhalten, nämlich mit dem Sturm. Beide Stücke kommen in der Äusserlichkeit überein, dass sie mit einem Seesturm und Schiffbruch sich introduzieren, und dann auch in dem bedeutenderen Umstande, dass in diesem Zufall beidemale die eigentliche Katastrophe des Stücks enthalten ist und, in der Art vorausgehend, das Übrige eigentlich als Nachverhandlung nachbringt, durch die Situation, die der Schiffbruch hervorgebracht hat. Beide Stücke haben durch diese Anordnung etwas nachlässig Anziehendes erhalten, was wir doch nicht anders als den Operneffekt nennen möchten, das ist, ein selbstgefälliges Verweilen in Lieblingssituationen, die sich sonst los genug an einander reihen."

Eine andere Reminiszenz bietet äusserlich Shakespeares Perikles durch den Schiffbruch und seine Folgen, und im Stücke selbst die Fischer, von denen einer den für Perikles glückspendenden Harnisch mit seinem Netze fischt (II, 1).

Eine deutsche Bearbeitung des Rudens findet sich im zweiten Teile von Goldhagens Anthologie (Brandenburg 1767) und von Leo Lipsius (Schmalkalden 1768).[2])

In Frankreich erschien die Übersetzung der Dacier im Jahre 1683; „die Jungfer Helena Baletti Riccoboni hat es sehr artig unter dem Titel ‚le Naufrage' nachgeahmt. Diese Nachahmung ist zu Paris 1726 in 12° und 1730 gedruckt."[3]) Helene Baletti, mit dem Beinamen Flaminia, war die Gattin des Louis Riccoboni, genannt Lelio.[4])

Die Bibliotheken von Berlin, Dresden, München, Wolfenbüttel u. a. besitzen diese Bearbeitung nicht.

---

[1]) A. a. O., S. 568.
[2]) Sulzer, 705 b.
[3]) Lessing, Beiträge, S. 51. — Auch an Opern fehlt es nicht. Ob indessen die zahlreichen bei Clément (S. 473. 474) genannten Opern „le Naufrage" von Hoffmeister (1790), Kerpen (1786), Romberg (1791), Gassner (1814), Volkert (1815) oder P. C. Guglielmis Naufragio fortunato (cc. 1787) hierher zu zählen sind, ist fraglich. Viele dieser Stücke können auch mit L. v. Holbergs Glücklichem Schiffbruche, deutsch im ersten Bande der dänischen Schaubühne (S. 135—339) zusammenhängen.
[4]) Beauchamps, Recherches, IV, 152. — Voisenon, Oeuvres, IV, 147. — Einen „heureux naufrage" gespielt am 9. Juni 1720, den Werken Barbiers beigedruckt, nennt Beauchamps, IV, 138.

XVIII. Stichus.[1]

So wie der Stichus vorliegt, wird man über das Urteil des Cammerarius, der ihn argumentum „leve et futile" nennt, und die Abweisung desselben seitens französischer Kritiker[2] schwerlich hinauskommen. Rapp hat das Stück zu retten versucht. Ihm ist der erste Akt ein Idyll, wie das fünfzehnte des Theokritos und der Mimus des Sophron; wer ihn liest, wird ausrufen müssen: hier ist dasselbe, dieselbe Manier, dieselben Gedanken, Wendungen und Gewöhnungen; hier ist derselbe Dichter, mit einem Wort: hier ist ein Mimus des Sophron![3] Und so würde der „verachtete Stichus zu den interessantesten Stücken unsrer Sammlung gehören". Da nun aber auch Rapp zugestehen muss, dass das Lustspiel derartig ist, dass man es einem hervorragenden, sonst so formvollendeten Dichter, wie Menander, nicht zumuten darf, dass er „doch auch einmal ein Drama schreiben konnte, dem absolut etwas fehlt, was ein Stück nicht zu einem guten Drama, sondern überhaupt zu einem Drama macht",[4] dass er, der sonst gerade in der Intrigue gross ist, „hier hinter dem, was der ungeübteste Anfänger zu machen wüsste, weit zurückgeblieben" ist, und dass das ganze Stück „ein so seltsames Gemengsel von Szenen, Dialogen, Stilen, die unter sich gar nichts gemein haben," sei, so scheidet er es in vier Hauptteile: 1. die guten Weiber; 2. die Heimkehr des Herrn; 3. der geprellte Parasit; 4. ein Sklavenmimus. Diese Teile hätte Plautus nach griechischen Quellen bearbeitet, durch Monologe u. dgl. lose verknüpft, und „wenn der Dichter uns, wie es scheint, in diesem Stücke eine Musterkarte von Stilen zum besten giebt, so hat er wenigstens psychologisch richtig einen das andere zudeckenden Schluss dem ganzen Quodlibet angehängt".[5] „Es ist also dieses Stück ein Quodlibet, in dem uns aber Parzellen aufbehalten sind von so hohem Wert, dass sie andere ganze Stücke aufwiegen, und darum Dank der Vorsehung, die es uns erhalten hat."[6]

Binder[7] sagt über das Lustspiel: „Den Gegensatz des frivolen, zügellosen Taumels gemeiner Seelen nach überstandenen Mühen zu der gemessenen und würdigen Freude ehrenwerter

---
[1] Hier ist zitiert nach Fleckeisen.
[2] Rapp, S. 1785.
[3] Ebenda, S. 1780.
[4] Ebenda, S. 1781.
[5] Ebenda, S. 1785.
[6] Ebenda, S. 1786.
[7] A. a. O., S. 6.

Männer, die sich des Besitzes treuer Weiber wieder wert gemacht
haben, zu schildern, das scheint die poetische Tendenz dieses
etwas flüchtig skizzierten Lustspiels zu sein." Er nennt es
ein „Quodlibet mimisch dialogischer Szenen nach griechischen
Dichtungen."

Teuffel[1]) urteilt: „Der Stichus ist ein rätselhaftes Stück.
Ich will gern glauben, dass es, wie Ritschl Parerg. I, S. 280 A.
angiebt, in sehr unvollständiger Gestalt auf uns gekommen ist,
wiewohl Ladewig doch wohl des Guten zu viel thut, wenn er
meint, das Vorhandene sei nur etwa die Hälfte des ursprüng-
lichen Ganzen; aber ich sehe nur nicht recht, was das voll-
ständige Stück weiter enthalten haben soll, welche angefangene
Handlung, welche eingefädelte Intrigue darin zu Ende geführt
werden mochte. Sollte etwa das ernsthaftere Herrenmahl durch
das Sklavengelage verdrängt worden sein? Oder spielte darin
besonders Stichus eine Rolle und rechtfertigte den gewählten
Titel? Oder war es darauf angelegt, dem hetzerischen Alten
mittelst der erbetenen Konkubine eine Beschämung zu bereiten?" u. s. w.

Der erste Akt führt uns Philumena und Pamphila ein,
deren Ehegatten nun schon drei Jahre von Hause abwesend
sind (*V.* 29):

> Nam uiri nostri domo ut abierunt,
> Hic tertiust annus.

Ihr Vater Antipho möchte sie gerne wieder verheiraten,
obwohl er sie zu diesem Schritte nicht gerade zwingen will; die
beiden Frauen jedoch weigern sich, voll kindlichen Respektes
zwar, doch aber mit Entschiedenheit, dies zu thun. Sie zeigen
sich voll Liebe und Treue gegen ihre abwesenden Männer.
Philumena schickt ihre Magd, Crocotium, nach dem Parasiten
Gelasimus; er soll sich am Hafen, wo Tage lang der Fischer-
knabe Pinacium sitzt, um Acht zu haben auf die Rückkehr
der Gatten, nach Neuigkeiten erkundigen.

Mit dem zweiten Akte tritt der Parasit Gelasimus auf;
er jammert über die schlechten Zeiten und denkt bereits daran,
Ausruferdienste („praeconis compendium," *V.* 194) zu übernehmen.
Crocotium belauscht einige Zeit sein Selbstgespräch und meldet
ihm dann, er möge zu Philumena kommen. Pinacium betritt
freudig die Szene; er hat eine frohe Botschaft (*V.* 300: „Secundas
fortunas decent [fastidia et]·superbiae"). Philumena zeigt sich;
Pinacium befiehlt, alles zu scheuern und zu schmücken; denn er
hat am Hafen den Gatten der Philumena, Epignomus, mit

---

[1]) Studien, S. 277. — Vgl. Sulzer, Theorie etc. I, 240a.

seinem Sklaven Stichus gesehen. Philumena freut sich der
Nachricht unendlich, nicht minder Gelasimus; aber Pinacium
sagt ihm, Epignomus habe die Parasiten bereits mit sich gebracht (*V.* 388: „Poste autem aduexit parasitos secum"). Gelasimus
bleibt demnach nur mehr die Aufgabe, diese wegzubringen (*V.* 401:
„Nam ni illos homines expello, ego occidi planissume".

In dritten Akte kehrt Epignomus, reich mit Schätzen
beladen, mit seinem Sklaven Stichus zurück. Er schenkt
seinem Diener diesen Tag zur freien Verwendung (*V.* 435, „hunc
tibi dedo diem"), worauf dieser den Plan fasst, mit einem andern
Sklaven, Sagarinus, ein Gelage abzuhalten. Den Zuschauern
sagt er ausdrücklich, dass dies in Athen gestattet sei (*V.* 446):

> Atque id ne uos miremini, homines seruolos
> Potare amare atque ad cenam condicere:
> Licet hoc Athenis nobis.

Gelasimus naht in der Hoffnung, „ridiculis logis" (*V.* 455)
seinen „rex" für sich zu gewinnen. Ein günstiges Auspicium
berechtigt ihn zu solcher Erwartung. Allein Epignomus hat
bereits, wie er sagt, die „oratores populi", die „summi uiri" (*V.* 490)
zu Gästen. „Haut aequomst te inter oratores accipi," fertigt er
den hungernden Parasiten ab.

Im vierten Akte begrüsst Antipho den angekommenen
Pamphilus, den Gatten der Pamphila. Zu ihnen gesellt sich
Epignomus, worauf der alte Antipho einen „apologus" erzählt,
der darauf abzielt, eine Flötenspielerin zu erhalten. Nochmal
tritt nach dem Abgange des Antipho Gelasimus auf und
macht bei Pamphilus und Epignomus wiederholte Versuche,
eingeladen zu werden. Doch weisen ihn beide ab. (*V.* 630):

> Dum parasitus mihi atque fratri fuisti, rem confregimus.
> Nunc ego nolo mi ex Gelasimo fieri te Catagelasimum.

Von allen diesen Personen tritt im fünften Akte keine mehr
auf. Stichus bringt ein Fass Wein. Sagarinus findet sich
dabei ein und später die Sklavin Stephanium. Sie beginnen
das Gelage. Stichus hat schon früher von der Bühne herab
dem „tibicen" Wein gereicht mit den Worten (*V.* 713):

> Bibe, tibicen: [bibe si bibis] bibundum hercle hoc est: ne nega
> Quid hic fastidis quod faciundum uides esse tibi? quin bibis?
> Age siquid agis, accipe inquam: nam hoc inpendit puplicum.
> Hau tuum istuc est uereri te. eripe ex ore tibias.

Nun lässt er ihn nochmal trinken (*V.* 758):

> Tene, tibicen, primum:

und verlangt von ihm ein Tanzlied u. s. w., (*V.* 767):

> Age, iam infla buccas: nunc iam aliquid suauiter.
> Cedo cantionem ueteri pro uino nouam.

Nachdem sie genug getanzt haben (*V.* 774: „saltatum satis pro uinost"), schliesst das Stück.

Von den beiden Schwestern ist Philumena die ältere (*V.* 41). Sie hält sich für die arme Penelopa (*V.* 1), seit ihr Gatte, den sie so treu liebt (*V.* 48), abwesend ist. Auch Pinacium rühmt ihre Liebe zu ihrem Manne (*V.* 284, „ut decet uirum amat suum [et] cupide expetit").

In nicht geringerem Grade ist Pamphila ihrem Gatten zugethan. In schöner Weise verleiht sie dieser Hingabe Aussprache (*V.* 133):

> Placet ille meus mihi mendicus: suus rex reginae placet.
> Idem animust in paupertate qui olim in diuitiis fuit.

Sie ist voll Zärtlichkeit, und rühmenswert ist die Pietät, die überall in den Vordergrund tritt (*V.* 7), und die in gleicher Weise dem Vater wie dem Gatten gilt.

> Numquam enim nimis curare possunt suum parentem filiae,

ist ihr schöner Grundsatz (*V.* 96). Gleich kindlich gedenkt sie der verstorbenen Mutter (*V.* 109). Interessant ist ihr Urteil über die Weiber, als von einem Weibe gesprochen, (*V.* 129):

> Quanta meast sapientia
> Ex malis multis malum quod minumumst. id minumest malum.
> Qui pote mulieres uitare, is uitet: ut cotidie
> Pridie caueat ne faciat, quod pigeat postridie.

Ihr Vater Antipho, ein alter Mann („decurso aetatis spatio," *V.* 81), der, ob er auch mit den Sklaven zankt (*V.* 58), nichts weniger als energisch ist, zieht zwar gegen die abwesenden Ehemänner los (*V.* 14), dennoch aber will er mit seinen Kindern nicht „gerere bellum" (*V.* 82). Die allgemeine Schwäche, den Menschen nach seinem Besitze zu schätzen, legt er auch seinen Schwiegersöhnen gegenüber an den Tag.

> Videte, quaeso, quid potest pecunia.
> Quoniam redisse bene re gesta me uidet,
> Magnasque adportauisse diuitias domum,
> Siue aduocatis ibidem in cercuro, in stega,
> In amicitiam atque in gratiam conuortimus,

beklagt sich Epignomus (*V.* 410). Die hübsche Erzählung von dem verwitweten Alten, der gerade so alt war, wie er, und zwei verheiratete Töchter besass, wie er, der seinen Schwiegersohn bat (*V.* 547):

> Ego tibi meam filiam bene quicum cubitares dedi:
> Nunc mihi reddi ego aequom esse aps te quicum cubitem censeo,

zeigt, dass der „graphicus mortalis" (*V.* 570) in gewissen Dingen noch jugendlich denkt.

> Etiam nunc scelestus sese ducit pro adulescentulo.

(*V.* 571.) — Indessen steht er bei seinen Mitbürgern in hohem Ansehen (*V.* 11 ff.).

Von den Schwiegersöhnen ist Epignomus eingehender gezeichnet. Die Freude, mit welcher er sein Haus betritt (*V.* 523), zeigt, dass er die Liebe seiner Gattin verdiente.

Von den Nebenpersonen zieht zunächst der Parasit unsere Aufmerksamkeit auf sich. Er ist in der herkömmlichen Weise gezeichnet. Im Vers 174 erklärt er seinen Namen.

> Gelasimo nomen mi indidit paruo pater,
> Quia iam a pausillo puero ridiculus fui.

Etwas später dann (*V.* 242) nennt er sich „Miccotrogus". Er ist niemals satt geworden, solange er lebte (*V.* 155):

> Famem ego fuisse suspicor matrem mihi:
> Nam postquam natus sum, satur numquam fui.

Darum ist er stets zum Essen bereit und so leutselig, dass er eine Einladung nie abschlagen kann (*V.* 181):

> Set generi nostro haec redditast benignitas:
> Nulli negare soleo, siqui cessum uocat.

Ob er bei einer Tafel als Ehrengast oder zu unterst sitzt („imi supselli uirum" *V.* 489; „infumatis intumus" *V.* 493), ist für ihn bedeutungslos. Er hat seine Zunge längst verkauft: „Linguam quoque etiam uendidi datariam" (*V.* 257). Sie kann nur mehr „Gieb" sagen. (*V.* 261: Excillam quae dicat „cedo"!)

Zerfallen mit der bösen Zeit, scheidet er aus dem Stücke. Wo die Herren selbst Parasiten sind, ist für keinen Gelasimus mehr Raum. „Es ist keine Ehrlichkeit mehr unter den Leuten," sagt Falstaff. So unser Parasit (*V.* 635):

> . uiden ut annonast grauis?
> Viden benignitates hominum ut periere et prothumiae?
> Viden ridiculos nihili fieri atque ipsos parasitarier?

Stichus und Sagarinus entwickeln in der Freiheit ihre Sklavennatur. Der leichtsinnige Stichus vergeudet sein erspartes Geld (*V.* 751):

> Vapulat peculium: actumst: fugit hoc libertas caput,

um die Lust eines Tages. Würdig steht ihnen Stephanium zur Seite. Sie liebt beide gleich. „Cum ambobus uolo: nam ambos amo" (*V.* 750).

Diese Analyse des plautinischen Stückes wird es klar machen, warum keine Nachahmung desselben vorliegt, so oft die einzelnen Personen des Lustspiels am Ende auch als Vorbild gedient haben können. Es ist ein problematisches Stück, aus dem erst etwas hätte geschaffen werden müssen, ein Stück, von dem fast nichts zu benützen war.

Um so mehr ist es zu bedauern, dass wir von Lessings Nachahmung: „Weiber sind Weiber" (Ein Lustspiel in zwey Aufzügen. Berlin 1749),[1]) nur wenige Fragmente besitzen.

Lessings Bruder äussert sich in der Vorrede[2]) nach einer Kritik des plautinischen Stichus, wie folgt: „Aus dem ersten und dem Anfange des zweyten Akts dieses Lustspiels, denn mehr hat mein Bruder davon nicht hinterlassen, kann man nicht recht ersehen, wie er diesen Stoff ganz behandelt haben würde. Der Plan, den er dazu sich so gut entworfen haben wird, als er bei seinen übrigen Stücken allezeit gethan, muss verloren gegangen seyn; ich habe ihn wenigstens nicht finden können. So viel aber sieht man doch schon, dass Hilarien das Ausbleiben ihres Mannes, der sich blos um ihrentwillen ruinirt, lange nicht so nahe geht, als Lauren, die von ihrem Mann tyrannisirt worden. Vielleicht wollte er ein Beyspiel liefern, dass Zärtlichkeit gegen den Mann von gar keinen moralischen Umständen, sondern blos von dem physikalischen Temperamente abhängt, und so unerklärlich als Sympathie ist. Doch was er auch bezweckt haben mag, und wie sehr auch der Dialog darin gegen die in seinen nachherigen Stücken absticht, so bin ich doch versichert, dass er diesen schönen Hauptstoff mit so abgeschmackter Episode, wie Plautus, unmöglich vernachlässiget hätte."

Auch in den „Beiträgen" fasst Lessing die plautinische Komödie als eine Bestätigung ehelicher Treue. Dort heisst es:[3]) „Der

---

[1]) S. 1—47 in G. E. Lessings Theatral. Nachlass... Erster Theil. Berlin 1784 (s. S. 704). — S. 484—505 bei R. Boxberger a. a. O.
[2]) Pag. XIII.
[3]) S. 51.

Herr von Limiers benennt dieses Stück in seiner Übersetzung den Triumph der ehelichen Treue.[1]) Der Hauptinhalt ist auch so ziemlich dadurch ausgedrückt; ein paar Weiber nämlich, die ihre Männer verlassen haben, wollen sich, des Verlangens ihrer Väter ungeachtet, doch nicht wieder verheirathen, sondern bestehen darauf, die Rückkunft ihrer Männer zu erwarten, welche auch erfolgt. Den Namen hat dieses Stück von dem Knechte, der diese Männer begleitet hat, und sich den Tag der Rückkunft mit seinem Kameraden und ihrer gemeinschaftlichen Liebsten lustig macht."

Was von Lessings Entwurf zu „Weiber sind Weiber" im „Nachlass" steht, ist Folgendes:

I. Akt. In derber Weise verbreitet sich die Kammerjungfer Lisette ihren Herrinnen Hilaria und Laura gegenüber über die „Schufte von Ehemännern", die drei Jahre bereits weg sind. Laura möchte in Thränen um ihren Mann Leander zerfliessen. Hilaria ist heiter. „Wenn es ihm an einem Orte besser geht, als es ihm hier gehen würde, warum sollte ich es ihm nicht gönnen?" Herr Seltarm, ihr Vater, will es nun in Güte versuchen, seine Töchter zu einer Heirath zu bestimmen. Vergeblich! Wohlklang, der Musicus, und Segarin, der Capitain, sind die Freier der beiden Frauen.

II. Akt. Naturalienhändler Labrax, eine Art Parasit, dessen Noth Seltarm ausnützen will.

Was sich bei Boxberger aus der Lessingschen Bearbeitung des Stichus entnehmen lässt, ist Nachfolgendes:

Erster Aufzug. (1.) Die Kammerjungfer Lisette schildert den beiden Frauen Hilaria und Laura gegenüber die Ehemänner als schlimme Leute. Sie hat sie zwar nicht selbst gekannt. „Aber nach Ihrer eignen Beschreibung, so ist der Eine ein Verschwender, der Andre ein Verthuer gewesen." Dennoch weint Laura um ihren Gatten. „Das betrübt mich," sagte sie, „dass ihn vielleicht Gott meinetwegen itzo heimsucht." Hilaria dagegen grämt sich, dass ein Frauenzimmer, wie sie, nur einen Freier haben sollte. Sie will ihrer Schwester ihren Herrn Wohlklang abspenstig machen.

(2.) Der Vater der beiden verlassenen Frauen, Herr Seltenarm, tritt auf. Er hat bisher gegen sie nur „das Rauhe herausgekehrt", jetzt will er es in Güte versuchen. Er will die Ehescheidung seiner Töchter bei seinen Freunden, den Konsistorialräten, durchsetzen. Laura spricht wenig; Hilaria will gleichfalls

---

[1]) So schon eine alte Ausgabe von 1513 (Melch. Lotter. Lips.): „Stichus Plautinus pudicitiam ac maritalem fidem etiam in sinistra fortuna seruandam esse docens." (Schweiger, II, 2. 772.)

von ihrem Manne nicht getrennt werden. „Anders wäre es, wenn er gestorben wäre, oder wenn ich gewiss wüsste, dass er mich gänzlich vergessen habe. So lange als Eines von Beiden nicht ist, so lange — —"

(3.) Laura ist entsetzt über den Leichtsinn ihrer Schwester. Sie will stets an ihrem Manne, wo er auch sein mag, „als eine treue und rechtschaffene Frau" handeln.

(4.) Seltenarm bespricht sich mit der Kammerjungfer Lisette. Sie soll die Heirat der beiden Frauen beschleunigen; „so bliebst du ja hernach alleine im Hause —." Lisette will von seiner Zudringlichkeit wenig wissen.

(5.) Herr Wohlklang, der Musikus, frägt bei Seltenarm an. „Nun, mein Herr, werden die Entschliessungen Ihrer Frau Tochter bald mit unsern Absichten harmonieren? Wie lange soll noch diese mir so widrige Dissonanz anhalten? u. s. w." Seltenarm tröstet ihn, Laura werde sich noch für ihn entscheiden.

(6.) Wohlklang wendet sich an Lisette um ihre Beihilfe. Diese aber erklärt, hierzu „keine Ursache" zu haben. Wohlklang versteht sie nicht oder thut so, obwohl sie ihm die Ursache, „warum die Herren Musici componiren, die Diebe stehlen, die Advocaten Advocaten sind, die Dichter singen, die Bettler weinen, die Ärzte Wind machen, die Taschenspieler hexen, die Juden Christen und die Christen Juden werden, kurz die Ursache aller Ursachen — die Hauptur—ur—ursache" ziemlich nahe legt.

(7.) Der Capitän Segarim tritt auf. Er scheint sich nicht gut mit dem Musicus zu sprechen. Der Capitän entfaltet einige Züge, die an seine grosssprecherischen Ahnen erinnern. „Es ist mancher schlechter Kerl Capitän gewesen. Ich aber stamm' aus einem alten adlichen Geschlechte." Noch mehr in der nächsten

(8.) Szene, wo er um Lisettens Beihilfe wirbt. Das Gehirn thut ihm nichts, ob es gesund ist oder nicht. „Zu was ist das einem Soldaten viel nütze?" Er will keine lange Belagerung. „Ich muss also einen Sturm wagen, einen Generalsturm." Lisette soll Hilarie zur „Capitulation" bewegen. Er könnte ihr Dukaten und Ringe geben. Allein er verspricht ihr „das Allerkostbarste, was ich dir nur geben könnte" — — „meine ewige Gewogenheit." Mit diesem „Bettel" ist jedoch Lisette nicht zu gewinnen.

(9.) Segarim hat wenig Aussichten. Wenn er die Heirat nicht fertig bringt, so könnte „aus dem gnädigen Herrn wieder ein Schuhputzer werden".

Andrer Aufzug. (1.) Labrax, ein Name, den Lessing dem plautinischen Rudens entnommen hat, tritt auf. Seltenarm hat ihn rufen lassen.

(2.) Seltenarm weist das Angebot von Naturalien, das ihm Labrax macht, ab. Er will anderes von ihm. „Welches sag' ich ihm zuerst? Dass er Geld verdienen kann, oder dass ich ihn zu einem Schelmenstreiche brauchen will?" Er frägt ihn, ob er ein ehrlicher Mann sei.

Mit Labrax' Worten endet das Fragment, an dessen Vollendung Lessing vielleicht noch 1755 dachte.[1])

Danzel urteilt über Lessings Bearbeitung:[2]) „Der zweite Gesichtspunkt, den Lessing in die Behandlung des plautinischen Stoffes einführt, ist die genauere psychologische Motivierung, welche die Neuzeit fordert. So lässt er die beiden Schwestern in „Weiber sind Weiber", die bei Plautus nur eben auf ganz gleiche Weise schlechthin ihren Männern ihre Treue bewahrt haben, wenigstens von verschiedenem Charakter sein; ja es scheint fast, als ob die eine, Laura, eine Heuchlerin sein sollte, was dann wiederum den Stoff des Werkes reicher machen musste, und der alte Seltenarm will seine Töchter wieder verheiraten, um mit seinem Dienstmädchen zu leben; worauf übrigens Lessing durch den Einfall bei Plautus gekommen ist: Antipho will seine Töchter „ad absurdum" führen und fragt sie, wie ein wackeres Weib denken müsse — sie antworten, warum er so frage, und er sagt — zur Ausflucht, „er wolle wieder heiraten."

Weitere Spuren hat der Stichus nicht hinterlassen. Wenn Rapp[3]) sagt: „Das Examen der Töchter erinnert übrigens nicht undeutlich an die Exposition von König Lear, und selbst die Streitfrage über die beste Frau kommt ebenso im Othello vor," so sind das Zufälligkeiten, Szenen und Gedanken, zu denen Shakespeare und manch minderer nach ihm gewiss selbständig kommen konnte. Daraus zu schliessen, „dass Plautus Jugendeindrücke in Shakespeare zurückgelassen, ist hier abermals, wie in andern Stücken, klar," kann, selbst wenn man die Thatsache an sich zuzugestehen geneigt wäre, nach dem Stichus und den betreffenden Stellen im König Lear und Othello gewiss nicht angehen.

Als letzte Arbeit Brunamottis führt Argelati[4]) an: „Lo Stico, Commedia di Plauto, tradotta in versi ital. sciolti" Msk.

---

[1]) Düntzer, Lessing als Dramatiker, S. 34.
[2]) A. a. O. I. 149. Über weitere den Franzosen entlehnte Motive des Stückes s. ebenda I. 152.
[3]) Die plaut. Lustsp., S. 1781.
[4]) III, 237.

XIX. Trinummus.[1])

Zu allen Zeiten galt der Trinummus als eines der besten Stücke des Plautus. Lessing[2]) sagt: „Nach den Gefangenen des Plautus ist dieses sein vortrefflichstes Stück." Es fehlt ihm nicht an Szenen, welche auch auf unsrer heutigen Bühne eines glänzenden Erfolges versichert sein dürften; darum trug sich auch der Stuttgarter Schauspieler Seydelmann einige Zeit mit dem Gedanken, den Trinummus auf die Bühne zu bringen.[3]) „Gewiss ist," bemerkt Rapp,[4]) „dass unser gegenwärtiges Stück in einem hohen Grade die häusliche Behaglichkeit des Familienstücks mit einem Anhauch freierer Poesie, teils hochkomischer Charakteristik, teils einem bedeutenden Einflusse des Zufalles, also des Abenteuers zu vereinigen weiss." Er nennt den Trinummus „in seiner Gattung, dem Familienstück, gewiss eines der ersten Musterstücke;" auch Teuffel[5]) bezeichnet es als „ein Familienstück von bemessener Anlage und Tonfärbung."

Mit den Captivi hat es ferner den Mangel weiblicher Rollen gemeinsam.

Ein Prolog, von der Luxuria und ihrer Tochter Inopia gesprochen, der nach Ritschl[6]) zu den echten zählt, belehrt uns, dass das Stück im Griechischen „Der Schatz" heisst (V. 18):

> Huic Graece nomen est Thensauro fabulae:
> Philemo scripsit: Plautus uortit barbare,
> Nomen Trinummo fecit.

In der ersten Szene des ersten Aktes tritt der alte Megaronides auf. Schwer wird ihm die Pflicht, seinen Freund Callicles wegen wohlverdienter Schuld zu Rede zu stellen; allein es muss sein. Eben naht Callicles, und in edler, offener Weise macht ihm nun Megaronides Vorhalt über alles, was man in der Stadt von ihm sich erzähle. Noch als Greis begehe er Bubenstreiche (V. 43):

> Hic illest senecta aetate qui factust puer,
> Qui admisit in se culpam castigabilem.

---

[1]) Ausg. von G. Hermann (Lpz. 1800. 1853); Göller (Coloniae 1824); Lindemann (Lpz. 1830); Geppert (Berl. 1844, Leipz 1854); Thom. Vallauri (Turin 1856); J. Brix (Lpz. 1879, 2. Aufl.); W. Wagner (Cambridge 1875, 2. Aufl.); And. Spengel (Berl. 1875); C. E. Freeman and A. Sloman (Loudon 1883). Hier ist zitiert nach Fleckeisen.
[2]) Beiträge, S. 51.
[3]) Rapp, Die pl. L., S. 1980.
[4]) A. a. O., S. 193.
[5]) G. d. r. L., S. 152.
[6]) Parerg. I, 236. (Vgl. Teuffel, Studien, S. 256.)

Charakteristik desselben.

Schändlicherweise sammle er Geld, ja selbst seinem liederlichen Mündel habe er sein Haus abgekauft, als er es leichtfertig feilbot. So spreche jedermann (*V.* 98):

> Primumdum omnium
> Male dictitatur tibi uolgo in sermonibus.
> Turpilucricupidum te uocant ciues tui:
> Tum autem sunt alii qui te uolturium uocant:
> Hostisne an ciuis comedis parui pendere.

Callicles sieht sich denn gezwungen, sein lange verhaltenes Geheimnis seinem Freunde zu verraten. Als Charmides, sein Freund, in die Ferne zog, vertraute er Callicles an, dass in seinem Hause ein Schatz verborgen sei (*V.* 152):

> Nummum Philippeum *ad tria milia.*

Doch beschwor er ihn, seinen Sohn ja nichts wissen zu lassen. Diesen und seine Tochter vertraute er ihm an; sollte er glücklich wiederkehren, so war für beide gesorgt; wo nicht, so gereichte der Schatz der Tochter zur Aussteuer. Nun ist aber der Sohn des Charmides, Lesbonicus, ein schlechter Wirtschafter geworden. Wein und Liebe zerrütteten seinen Vermögensstand, und während Callicles nur auf sechs Tage sich aufs Land begab, schrieb Lesbonicus sein Vaterhaus als verkäuflich aus. Da hielt es denn Callicles für seine Freundespflicht, dasselbe anzukaufen und so dem Freunde den dort verborgenen Schatz zu retten. (*V.* 179):

> argentum dedi
> Theusauri causa, ut saluom amico traderem.

Mit diesem Geständnisse hat er freilich die Meinung des Megaronides zum Gegenteile umgestimmt. Dieser hält, da Callicles abgetreten ist, einen wundervollen Monolog, der in trefflichen Worten die ganze Erbärmlichkeit der Klatschsucht brandmarkt. (*V.* 199):

> Nihil est profecto stultius neque stolidius
> 200. Neque mendacilocum neque adeo argutum magis
> Neque confidentiloquius neque periurius
> Quam urbani adsidui ciues, quos scurras uocant.
> Atque egomet me adeo cum illis una ibidem traho:
> Qui illorum uerbis falsis acceptor fui,
> 205. Qui omnia se simulant scire neque quicquam sciunt.
> Quod quisque in animo habet aut habiturust, sciunt:
> Sciunt, quid in aurem rex reginae dixerit:
> Sciunt quod Iuno fabulatast cum Ioue:
> Quae neque fuerunt neque sunt, tamen illi sciunt.
> 210. Falsoue an uero laudent, culpent quem uelint,
> Non flocci faciunt, dum illut quod lubeat sciant.

Nur ein Mittel gäbe es gegen diese schändliche Klatschsucht (*V.* 217):

> Quod si exquiratur usque ab stirpe auctoritas,
> Vnde quid auditum dicant: nisi id adpareat,
> Famigeratori res sit cum damno et malo:
> 220. Hoc ita si fiat, puplico fiat bono.
> Pauci sint faxim qui sciant, quod nesciunt,
> Occlusioremque habeant stultiloquentiam.

Im zweiten Akte tritt Lusiteles auf, ein vortrefflicher, fast altkluger Jüngling. Sein Vater Philto hat allen Grund, sich dieses Sohnes zu freuen. Da Lusiteles nun seinen Vater bittet, ihm die Schwester des Lesbonicus zur Frau zu geben und selbst für ihn zu werben, giebt er nach ganz kurzem Widerstande seine Einwilligung hierzu. Eben naht Lesbonicus mit seinem Sklaven Stasimus. Ihm tritt Philto in den Weg, um für seinen Sohn zu freien. Anfangs glaubt Lesbonicus Philto spotte seiner Armut; als er ihm jedoch erwidert, er verlange nicht die geringste Mitgift, erwidert ihm Lesbonicus, sein Leichtsinn solle nicht seiner Schwester zum Schaden gereichen. Noch besitze er ein Gütchen ausserhalb der Stadt („'st ager sub urbe nobis," *V.* 508); dieses soll die Mitgift seiner Schwester werden. In ungeheuer drastischer Weise spricht Stasimus gegen diesen Plan seines Herrn und sucht durch die schrecklichsten Schilderungen jenes „ager", auf welchem „in quincto quoque sulco moriuntur boues" (*V.* 524), wo „Acheruntis ostium" (*V.* 525) sei, wo alle Reben faulen, ehe sie reifen (*V.* 526), wo die Ernte dreimal kleiner ist als die Aussaat (*V.* 530) u. s. w., Philto abzuschrecken, seinem Herrn den letzten Besitz („nutricem quae nos educat," *V.* 512) abzunehmen. Lesbonicus aber beharrt darauf, seine Schwester nicht unter seinem Leichtsinn leiden zu lassen (*V.* 585):

> Neque enim illi damno umquam esse patiar — —
> Meam neglegentiam.

Im dritten Akte meldet Stasimus dem Callicles die Verlobung des Lusiteles mit der Schwester des Lesbonicus. Callicles begreift sofort die Notwendigkeit einer Aussteuer. — Die zweite Szene führt uns den Streit des Lusiteles und Lesbonicus wegen der Mitgift vor. Unverrichteter Sache scheiden sie. Stasimus sieht, dass auf solche Weise seines Bleibens bei seinem Herrn nimmer sein kann (*V.* 727):

> Ad forum ibo: nudius sextus quoi talentum mutuom
> Dedi reposcam, ut habeam mecum quod feram uiaticum.

Megaronides und Callicles beraten sich über die Mitgift des Mädchens. Callicles kann ihr eine solche nicht geben; es würde dies dem Stadtgespräche neue Nahrung leihen. Man würde sagen, die Mitgift sei längst bei ihm hinterlegt und eher verringert als vermehrt worden (V. 740 ff.). So ersinnt Megaronides einen anderen Plan. Ein Unbekannter hätte als Bote des abwesenden Vaters Charmides zwei Briefe und Geld für die Tochter zu überbringen. Die Summe aber soll von dem vergrabenen Schatze weggenommen werden.

Mit dem vierten Akte tritt Charmides auf. Er ist zurückgekehrt und dankt, ähnlich Theuropides in der Mostellaria, den Göttern für ihre Gnade. Reich und glücklich kömmt er heim. Zu ihm stösst der sucophanta Pax, derselbe Gauner, der von Megaronides als Überbringer des Goldes des Charmides gedungen worden war. Er frägt Charmides, wo Lesbonicus wohne, da er von seinem Vater Gelder und Briefe für ihn habe. Nach längerer, launiger Unterredung giebt sich Charmides als diesen — „ipsissimus" (V. 988) — zu erkennen. Der sucophanta händigt ihm alles ein. Da erscheint Stasimus; er ist zurückgelaufen (V. 1011):

      ne bubuli in te cottabi crebri crepent,
 Si aberis ab eri quaestione.

Charmides erkennt ihn, nach einiger Zeit auch Stasimus seinen Herrn. Von dem Sklaven erfährt Charmides, dass dies Haus nicht mehr sein eigen sei. Callicles tritt aus demselben und antwortet auf des Charmides Klage (V. 1095):

   Qualine amico mea commendaui bona?

die Worte: „Probo et fideli et fido et cum magna fide!" Dann geleitet er ihn ins Haus.

Im fünften Akte löst sich der Knoten leicht. Lusiteles hat erfahren, dass Charmides zurückgekehrt sei, und will nun von ihm die Tochter erhalten, die ihm dieser auch freudig, doch nur mit einer Mitgift, zugesteht (V. 1159):

 Si illa tibi placet, placenda dos quoquest quam dat tibi.

Lesbonicus heisst seinen Vater willkommen und nimmt des Callicles Tochter zur Frau mit dem Versprechen eines besseren Lebens (V. 1187: „At iam posthac temperabo"). So endet mit dem üblichen Plaudite des Cantor die Komödie.

Die Grundidee des Stückes ist eine sehr ernste. Nicht das Schlimmste darf man von allen Leuten glauben; selbst der als leichtfertig gezeichnete und als solcher verrufene Lesbonicus hat edle Seiten und ist im Grunde seines Wesens kein verächtlicher Mensch. Was nun gar von dem Gerede der Menge zu halten ist, hat uns ja Megaronides bereits in beredten Worten erörtert.

In dem Stücke spielen vier Alte und zwei Jünglinge. Megaronides ist eine Achtung gebietende Erscheinung. Als Jugendfreund des Callicles (V. 48) und unter allen sein bester (V. 94: „tu ex amicis certis mi 's certissumus") hält er es für seine Pflicht, wenn auch mit schwerem Herzen (V. 24), den Freund „castigare ob meritam noxiam" (V. 23). Das Gerede der Menge verführt ihn, sodass er an seinem Freunde Zweifel hegt. Daran thut er unrecht, und er rechnet es sich zum Vorwurfe an (V. 215):

> Ego de eorum uerbis famigeratorum insciens
> Prosului amicum castigatum innoxium.

Von nun an steht er ihm in allem treu zur Seite. Ungern vermisst man in den beiden letzten Akten den Mann mit seinem allezeit bereiten Rate.

Callicles, das Opfer der Verleumdung, rechtfertigt sich in glänzender Weise. Von ihm gilt das Wort, womit der Sklave Stasimus seine Hingabe preist (V. 1110):

> Hic meo ero amicus solus firmus restitit
> Neque demutauit animum de firma fide,

und das Charmides von ihm ausspricht (V. 1125):

> Neque fuit neque erit neque esse usquam hominem terrarum arbitror,
> Quoius fides fidelitasque amicum erga aequiperet tuam.

Er aber weist jede Anerkennung mit den Worten zurück (V. 1129):

> Non uideor meruisse laudem, culpa caruisse arbitror.

Eigentümlich führt sich Callicles ein mit den Worten, die er von seiner Frau spricht (V. 42): „Teque ut quam primum possim uideam emortuam" und (V. 51) auf die Frage, wie es ihr ergehe (ut ualet?) „Plus quam ego uolo". Rapp[1]) meint, das Stück habe keine Weiber, „ja eine gewisse Weiberverachtung ist nicht nur der Faden, der durch das Ganze hindurchgeht, sondern der ausgesprochene Anfangs- und Schlusspunkt desselben." Der Stellen, welche gegen die Weiber gerichtet sind, sind allerdings mehrere; allein es ist ein auch für unser Lustspiel nicht zu grober Spass, wenn Megaronides findet, dass kein Weib ein Geheimnis bewahren könne (V. 800. 801), oder wenn Charmides meint, für Lesbonicus sei ein Weib zu wenig Strafe, man sollte ihm hundert geben (V. 1186).

---

[1]) Rapp a. a. O., S. 194.

Der alte **Philto** mit seinen rechtschaffenen Grundsätzen ist der neueren Zeit gram. Lieber wäre er tot, als dass er sie erleben musste (*V.* 290):

Lacrumas haec mihi, quom [ea] uideo, eliciunt, quia ego ad hoc genus Hominum perduraui.

Die Gegenwart schildert er in den trübsten Farben (*V.* 283):

Noui ego hoc saeculum, moribus quibus siet:
Malus bonum malum esse uolt, similis ut sit sui.
Turbant, miscent mores mali, rapax, auarus, inuidus:
Sacrum profanum, puplicum priuatum habent, hiulca gens.

Er lebt in Wohlstand von dem, was er sich selbst erwarb (*V.* 347. 355), seinem Sohn ein treuer Freund und Berater.

Charmides kömmt nach mannigfaltigen Erlebnissen zur See in seine Heimat zurück und begrüsst sie mit Worten voll erhabenen Schwunges. Er geht der lange ersehnten Ruhe entgegen (*V.* 839):

dehinc iam certumst otio dare me: satis partum habeo,
Quibus aerumnis deluctaui, filio dum diuitias quaero.

Er hat die Genugthuung, die Besserung seines Sohnes zu sehen und mit dem zufriedenen Worte „Optumumst" das Stück zu schliessen.

Die beiden Jünglinge **Lusiteles** und **Lesbonicus** sind in vielen Stücken reine Gegensätze. Lusiteles ist das Ebenbild des Vaters; ein vortrefflicher Sohn, der sich rühmen kann (*V.* 301):

Semper ego usque ad hanc aetatem ab ineunti adulescentia
Tuis seruiui seruitutem inperiis praeceptis, pater.

Auch an ihn ist die Versuchung, und zwar ernstlich, herangetreten (*V.* 225):

Egomet me coquo et macero et defetigo,

und er ist noch nicht völlig im Reinen (*V.* 228):

Vtram potius harum mihi artem expetessam,
Vtram aetati aguudae arbitrer firmiorem.

Doch alsbald findet er wieder den richtigen Weg (*V.* 270):

Certa res est ad frugem adplicare animum

u. s. w. So verabscheut er die Verlockungen der Liebe. Es klingt fast asketisch, wenn er (*V.* 264) ausruft:

> Mille modis amor ignorandust, procul abdendust, apstinendust.
> Nam qui in amorem praecipitauit, periit quasi [de] saxo saliat.
> Apage sis amor: tuas tibi res habeto.
> Amor, amicus mihi ne fuas umquam.

Bei diesen an einem Jünglinge dieses Zeitalters seltenen Grundsätzen überrascht es indessen ganz wohlthuend, dass Lusiteles die Verirrungen anderer nicht mit seinem asketischen Massstabe misst, vielmehr für Lesbonicus Worte freundschaftlicher Entschuldigung bereit hat.

Lesbonicus, aus einer vortrefflichen Familie (*V.* 326: „genere summo;" *V.* 373: „genere adprime probo") stammend, ist allerdings durch seine eigene Schuld, durch Nichtsthun und Liebeshändel, herabgekommen. Offen sagt es ihm Lusiteles (*V.* 647): „culpa maxume et desidia tuisque stultis moribus." Er gesteht, dass Sinnenlust und Liebe ihn zu Fall gebracht haben; „ui Veneris uinctus, otio aptus in fraudem incidi" (*V.* 658). Sein Eigentum hat er vergeudet (*V.* 360), in vorschnellem Mitleid für andere Bürgschaft geleistet (*V.* 437). Sein Sklave sagt (*V.* 406):

> Comessum, expotum, exunctum, elutum in balineis:
> Piscator, pistor apstulit, lanii, coqui,
> Holitores, muropolae, aucupes.

Er gesteht dies selbst (*V.* 682): „abusus tantam rem sum patriam," sowie er sich seines Leichtsinnes völlig bewusst ist (*V.* 585. 586. 587). Dennoch aber bricht überall bei ihm ein tiefwurzelnder edler Sinn vor. Ehrlich zu sein, kann er sich trotz seiner Dürftigkeit rühmen (*V.* 689: „ut inops infamis ne sim"). So besteht er nachdrücklichst darauf, seiner Schwester den letzten „ager" als Mitgift zu geben (*V.* 689):

> ne mi hanc famam differant
> Me germanam meam sororem in concubinatum tibi
> Sic sine dote dedidisse magis quam in matrimonium.

Es ist ein Jüngling, wie ihn der ernste Lusiteles schildert, in welchem ein Stück Unbesonnenheit steckt (*V.* 327: „minus qui caute et cogitate suam rem tractauit"), der teils aus Gutherzigkeit, teils aus Lebenslust das Seinige hinwarf (*V.* 333):

> Per comitatem edepol, pater:
> Praeterea aliquantum animi causa in deliciis disperdidit.

Doch ist er ein Mensch ohne jegliche Bosheit („Sine omni malitiast," *V.* 338). Auch bei der Rückkehr seines Vaters zeigt er eine ungeheuchelte Freude.

Ihm zur Seite steht sein Sklave Stasimus, seinem Herrn treu ergeben (*V.* 527):

> etsi scelestus est
> At mi infidelis non est.

Seine Hauptsorge erstreckt sich auf die Erhaltung des letzten ager. „Si quidem ager nobis saluos est!" ist sein Ziel (*V.* 593). Was er sonst vom Leben hält, hat er hübsch in die Sätze zusammengefasst (*V.* 478):

> Verecundari neminem aput mensam decet:
> Nam ibi de diuiuis atque humanis cernitur.

Der Sykophant mit dem „nomen nugatorium" (*V.* 890) Pax, „der professionierte Gauner,"[1]) ist eine trefflich gezeichnete Gestalt. Seine Aufgabe ist, dass derjenige, welcher ihn gemietet hat, „me ipsum plane esse sucophantam sentiat" (*V.* 860). Charmides zeichnet ihn als einen Pilz (*V.* 851: „fungino generest") mit verdächtigem Aussehen (*V.* 862):

> Quo magis specto, minus placet mi ea hominis facies: mira sunt
> Ni illic homost aut dormitator aut sector zonarius.

Sein Gaunertalent erweist sich vorzüglich da, wo er, der noch keine Reise gemacht hat, aus Seleucien, Makedonien, Syrien, Asien und Arabien zu kommen vorgiebt („quas ego neque oculis neque pedibus umquam usurpaui meis," (*V.* 846) und von Arabien im Pontus (*V.* 934), ja selbst von Juppiters Thron (*V.* 940) spricht.

Eine geschickte Bearbeitung[2]) des Trinummus mit Benützung der Mostellaria ist Cecchis Lustspiel „La Dote".[3]) Im Prologe heisst es nicht ohne litterarische Seitenhiebe:

> Fia questa dota una nuoua comedia
> *In buona parte cauata da Plauto,*
> Questo si dice perche alcun non pensi
> Quest' uno autore uogl' esser simile
> A certi ladroncelli, i quali rubano
> Non gli argomenti, ma le comedie
> Intere, intere e sol con lo intratesserui
> Un framessuzzo le dan fuori, e giurano
> Con le mani e co pie che hanno cauatosela
> Della lor testa. *Egl' ha tolto da Plauto*
> *L' argomento in gran parte de la fauola.*

---

[1]) Rapp, die pl. L., S. 191.
[2]) Bei Riccoboni, II. 225—251, findet sich eine genaue Analyse des Stückes. Dort heisst es ferner II, 257: „Suivant ma façon de penser je trouve cette pièce très-bonne." (258): „Entre les autres mérites de la comédie de la Dote celui de l'économie de théatre me paroît très-remarquable."
[3]) La Dote. | Comedia | di Giovan Maria | Cechi (sic) Fiorentino. In Vinegia appresso Gabriel Giolito de Ferrari e fratelli. 1550. (47 fol.) — Vgl. Ginguené, VI, 273. — Ruth, II, 583.

Die Entschuldigung Cecchis ist die hundert und hundertmal bei allen Imitatoren wiederkehrende, dass auch **Plautus** und **Terenz** sich fremde Stoffe aneigneten.

I. Akt. (1.) Bindo (Megaronides) redet seinem Freunde Manno (Callicles) ins Gewissen, dass er alt und kinderlos, „co piedi horamai nella fossa," noch ein Knecht der Habsucht sei, zunächst, dass er das Haus seines Freundes Filipo Rauignani, der auf dem Wege nach London Schiffbruch litt, dem verschwenderischen Sohne abgekauft habe, obwohl der scheidende Freund ihm seine Kinder anvertraute. Wie bei **Plautus** erzählt Manno den Grund dieser Handlungsweise. „Tre mila ducati d' oro" seien dort vergraben gewesen, welche die Aussteuer der Tochter ausmachen. Ja Manno that noch mehr als **Callicles**. Das Haus war bereits verkauft; es fehlte nur noch die Ausfertigung des Kaufvertrages. Sobald Manno dies von seinem Bruder Guido erfuhr, machte er alles rückgängig, rettete für sich das Haus und somit für die Tochter den Schatz. Das Mädchen ist bei Manno.

(2.) Federigo (Lesbonicus) tritt auf im Gespräche mit Ipolito (Lusiteles) im allgemeinen nach **Plautus** (V. 276 ff.). Ipolito will Federigos Schwester heiraten, und zwar ohne Mitgift; „io non uoglio che si parli di dote." Er hofft, es dahin zu bringen, dass sein Vater die Erlaubnis nicht verweigert. Federigo aber will davon nichts hören. Er hat nur noch ein kleines Landgut, das soll die Mitgift seiner Schwester ausmachen. Ganz so edel, wie **Lesbonicus**, ist indes Federigo nicht. Ipolito möge es, meint er, bei seinem Vater versuchen, ob er zur Heirat beistimme.

II. Akt. (1.) Federigo, welcher die Stadt verlassen wollte, ist auf die dringenden Bitten seiner Freunde noch vier Tage geblieben. Nach kurzem Gespräche Federigos mit seinem Diener Moro (2.) und Moros mit der Magd Tessa (3.) folgt die Unterredung (4.) des alten Fazio mit seinem Sohne Ipolito. Fazio lässt sich weit anders vernehmen, als der gute plautinische Philto. Sein Sohn darf nur eine Frau heiraten, die über dreitausend Golddukaten Aussteuer verfügt. „Se la fusse piu bella ch' el sole, piu nobile che la nobiltà e figliuola del Doge di Vinegia, non uoglio che tu tolga moglie senza dote." Er will nicht wissen, wer sie ist, und auch da er hört, dass es die Tochter seines einst reichen, liebsten Freundes Filipo ist, bleibt er bei seinem Ausspruche. Cecchi hat so eine neue Episode, ein neues Ehehindernis geschaffen.

(5.) Federigo, Ipolito und Guido haben eine lange Unterredung, wie Fazio zu bestimmen wäre, seine Einwilligung zur Heirat Ipolitos zu erteilen. Moro, der gelungene Diener, ist, wie Stasimus, mit seinem Herrn gar nicht einverstanden. Das Gut muss unter allen Umständen erhalten bleiben. Er versucht alles, es nach Kräften herabzusetzen. Das Schrecklichste wäre für ihn, wenn er mit seinem Herrn in den Krieg ziehen müsste; und etwas anderes bliebe ihm ja nicht mehr übrig. Weit vorteilhafter wäre es nach seiner Anschauung, Camilla in ein Kloster zu stecken; sie würde den Himmel erringen, und ihnen verbliebe das Landgut.

III. Akt. (1.) Auch Manno hat sich unterdessen bei Fazio zu gunsten Ipolitos verwendet: er habe in Erfahrung gebracht, dass das Gut nicht viel wert sei. (2.) Fazio ist nicht gänzlich abgeneigt, da die Verhältnisse sich besser zu gestalten scheinen. Er erkundigt sich bei (3.) Moro eingehend um alles, und dieser erzählt ihm weitläufig, was er in sechszehn Jahren gesehen und erfahren hat. „La sorella è in casa, e danari sono spesi." Wie Stasimus (V. 521 ff.) schildert er nun das Landhaus: „La casa è tutta spalcata e in puntelli;" ja — zum erstenmale spielt hier schon ein Stück Mostellaria herein — „et anco da pochi mesi in qua ui si è cominciato a sentir dentro non so che diauolerie la notte ch' io per me non u' albergo mai in pace." — Die weiteren Gespräche der Dienstboten (4. 5. 6.) haben zur Sache wenig Bedeutung. Am besten gezeichnet ist die unberatene Geschwätzigkeit Tessas.

IV. Akt. (1.) Moro hat den alten Herrn zurückkehren sehen; er ist in Florenz (V. 1007). „Che diauolo di partito fia il nostro? e trouerà uenduto il nido e dato il fondo quasi a ciò ch' egli ci lasciò."

(2.) Filipo tritt in kurzer Rede auf statt der langen (V. 826 —841) des Originales. „Ringratiato sia Dio ch' i son condotto doppo tanti trauagli a casa sano, o dolce patria, o cara patria, come è suaue il goderti, o casa mia, io ti rineggo pure." Diese Rede mit ihren Anklängen an Theuropides führt uns wirklich in die Mostellaria ein. Moro übernimmt die Rolle des Tranio. Nachdem er den Alten begrüsst hat, von dem er glaubte, er sei tot, will dieser ins Haus treten, woran ihn Moro hindert:

Filip. O. Perchè dunque non si può entrarui?
Mor. Ell' è piena di spiriti.
Filip. Come, di spiriti?
Mor. Oimè, dite più piano che non si scuopra quel che fino a hora è stato segreto, deh andiamcene quà, padron, di gratia.

Im Hause ist einer ermordet worden und zwar von demjenigen, welchem das Haus abgekauft wurde. Federigo, erfährt Filipo weiter, sei kaum erst vom Krankenbette aufgestanden, auf welches ihn die schmerzliche Kunde, dass sein Vater mit dem

Schiffe unterging, hinstreckte. Da sei ihm eine Gestalt erschienen mit dem Rufe: „Quanto mi uuotu tener sotterà in questa casa?" Man wandte sich an den Beichtvater. Dieser war schnell bei der Hand. Es geschah alles Mögliche, endlich fand man „queste benedette ossa di questo morto" und ein tiefes Loch. Entsetzt ruft Filipo aus: „Oimè i' son morto; e che ui trouaste?" Er denkt an seinen vergrabenen Schatz, und so stehen wir mit einem Sprunge in der Aulularia. „Nulla," erwidert ihm beruhigend Moro. „„Ne pentole di terra?"" „Ne pentole ne teste." „„Also nichts fand man?! Oimè i miei danari son iti uia!"" Federigo, fährt Moro weiter, ist auf dem Landhause, und dort hat er auch die Schlüssel. Filipo will vorderhand seine Ankunft geheim halten.

(3.) Wie Tranio teilt Moro seinem Herrn Ipolito die Ankunft des Vaters mit. „Noi siam rouinati!" Nach einer Rede der Tessa (4.) ermahnt Moro seinen Herrn, Mut zu fassen. (5.) Die Sache sei geschickt eingeleitet. „Se uoi mi date spazzio due giorni soli, io harò quaranta huomini degni di fede che diranno che uoi hauete speso 400 ducati in medicarui et harò da uno spetiale un conto ch' è più la." Ausserdem soll Manno sagen, er wohne nur zur Miete im Hause; denn er hätte es nie gekauft, wenn er nicht den Alten tot geglaubt hätte. Den sucophanta vertritt hier der Trauestito alla leuantina, der Brief und Geld Filipos an Federigo überbringen soll. Sein Gespräch mit Filipo ist so ziemlich wie bei Plautus (V. 851 u. s. w.).

V. Akt. (1.) Federigo teilt seinem Freunde Ipolito mit, dass sein Vater zurückgekehrt sei, worauf ihm dieser rät, er solle seine Fehltritte offen bekennen. „Lo hauer uoi speso troppo è un male che si da a tutti o alla maggior parte di quei giouani che non hanno sopracapo che li raffreni;" aber den Vater zum besten zu haben, gehe nicht an. Federigo zweifelt noch; er schwankt, ob er nicht nach Bologna gehen solle. Ipolito will dies vermeiden und bespricht sich darüber (2.) mit Moro. Von diesem erfährt auch Bindo (3.), dass Filipo zurückgekehrt sei, was Tessa bestätigt. Den Hauptinhalt bildet noch eine bedeutende Mahnrede Filipos an seinen Sohn (6.), sowie dessen Entschuldigung und die für alle gleich erfreuliche Lösung bis zum Plaudite! „Se la fauola u' è piaciuta, fatene segno!" fordert Moro die Zuschauer auf.

Nichts mit dem „Trinummus" gemeinsam hat Luigi Groto Ciccos Stück „Il Tesoro". — Eine italienische Übersetzung des Trinummus stammt von Rin. Angel. Alticozzi.

Dem plautinischen „Trinummus" ist die Comédie „Le trésor caché" des Néricault Destouches[1]) entwachsen.

I. Akt. (1.) Lucidor (Megaronides) klagt über die verfallenen Sitten der Zeit. „Ce qu'il y a de plus commun & que l'on trouve partout ce sont les faux amis et les mauvaises mœurs; tous les quartiers regordent de cette marchandise." (*V*. 30: „interim mores mali quasi herba inrigua succreuere uberrume.") Selbst seinen Freund muss er heute hernehmen. „Je ne veux plus supporter son changement et je veux le lui reprocher en face." (*V*. 25: „nam ego amicum hodie meum concastigabo pro conmerita noxia.") (2.) Géronte (Callicles) kömmt wie gewünscht. Mit Umgehung der plautinischen Witze über die Frau des Callicles (*V*. 57—66) beginnt Lucidor, seinem Freunde Vorwürfe zu machen. „Qu'avez-vous fait de ces mœurs antiques que vos pères vous avoient transmises? ... Ignorez-vous qu'en adoptant celles d'aujourd'hui vous scandalisez vos anciens amis et les exposez à se corrompre par votre exemple" (*V*. 72 ff.). Ganz nach Plautus, zum Teile sogar mit den gleichen Worten, hält nun Lucidor Géronte vor, dass er „avide du gain le plus honteux" geworden sei, ja sogar das Haus seines ihm enge befreundeten Nachbars Dorimon während seiner Abwesenheit dem Sohne abgekauft habe. Géronte giebt dies zu und will eben weiter erzählen, da wird er durch (3.) Pasquin, den Diener Léandres, unterbrochen. Dieser sucht seinen Herrn, den er einige Tage nicht mehr gesehen hat, und der nun zufällig des Weges kömmt. (4.) Léandre umarmt seinen Diener zur Begrüssung. Géronte hält ihm sein herabgekommenes Auftreten vor. Er habe fünfzigtausend Livres für das Haus bekommen und besitze nun nichts mehr davon. „Nous l'avons placé à fonds perdu," meint Pasquin. Trotzalledem ist aber Léandre der Liebhaber Julies, der Tochter Gérontes, und sagt ihm kühn, er werde sie heiraten, und derjenige, welcher sie vor ihm heiraten würde, was „avant qu'il soit vingt-quatre heures" geschehen soll, wird nicht lange sein Schwiegersohn sein.

(5.) Lucidor hat mit Entsetzen der Szene beigewohnt; aber nicht bloss darum, weil er Léandres Leichtsinn sehen musste, sondern auch, weil Géronte ganz offen von dem Hausverkaufe sprach. „Vous osez dire cela devant moi. Je ne vous reconnois plus." Dies zwingt endlich Géronte, sein Geheimnis zu

---

[1]) Auf S. 135—253 des neunten Bandes der „Oeuvres dramatiques de Néricault Destouches, de l'académie françoise. Nouvelle édition revûe, corrigée et augmentée de quatre pièces et tout semblable à l'édition de l'Imprimerie Royale, in 4°. 4voll. Paris (Lambert 1758)".

brechen. Dorimon hatte in seinem Garten bei dem Hause
einen Schatz vergraben, „deux cent cinquante livres en beaux
louis d'or bien trébuchans." Doch sollte der Sohn nichts hiervon
erfahren. Kaum war der Vater abgereist, so schrieb der
Sohn das Haus zum Verkaufe aus. „Devois-je souffrir que
le trésor du père de cet étourdi passât dans les mains de l'acquéreur?"
So sah sich Géronte gezwungen, das Haus zu kaufen,
und rettete hierdurch alles, da Léandre volljährig und berechtigt
war, nach Willkür mit seinem Muttergute zu schalten.
„Suis-je le cruel vautour qui dévore amis et ennemis sans distinction?"
kann Géronte nun fragen, oder, wie Callicles: „En
mea [tibi] malefacta, en meam avaritiam tibi!" (V. 185). (6.)
Voll Bewunderung über diese That flucht Lucidor auf die
Schwätzer und Ehrabschneider. „Fiez-vous maintenant à ces
discoureurs, à ces indignes oisifs qui négligent leurs affaires pour
se mêler de celles d'autrui," im ganzen der Gedanke des Originals.
II. Akt. (1.) Julie, die Tochter Gérontes, und Hortense,
die Tochter Dorimons und Schwester Léandres, sind
im Gespräche; man erfährt, dass Hortense den Sohn Lucidors,
Clitandro, nicht ungerne sieht. (2.) Clitandre kömmt des
Wegs. Nach einem längeren Gespräche mit den beiden Mädchen
(3.) werden diese von einem laquais zu Tische gerufen. (4.)
Clitandre ist entzückt über Hortense. „Oui, divine Hortense,
vous êtes née pour moi comme je me flatte d'être né pour vous,"
ruft er. Er nimmt herzlichen Anteil an ihrem Unglück. Vor
allem gilt es, den Vater für sich zu gewinnen. (5.) Es folgt
nun eine Szene aus Plautus. Lucidor (hier an Stelle Philtos)
giebt seinem Sohne gute Lehren. Die Zeit sei schlecht.
Clitandre versichert seinen Vater seiner standhaften Haltung,
worüber sich der Alte freut. „Heureux celui qui s'est acquis
l'empire de son cœur." (V. 310: „Tu si animum uicisti potius
quam animus te, 'st quod gaudeas.") Ein hübscher Zug bei
Destouches ist jener, wo Clitandre das Haus seines Freundes,
vor dem sein Vater ihn warnt, als ein solches bezeichnet, das
einen Schatz in sich birgt:

Clit. Cette maison que vous croyez si dangereuse ... cette maison
cache un trésor.
Luc. Un trésor? Comment a-t-il pénétré notre secret?

Sehr hübsch führt er den Vater zu der Bemerkung: „Je ne
croyois pas que les richesses eussent pour vous un si vif attrait,"
was den Sohn sehr passend zu seiner Bitte um die Hand des
vermögenslosen Mädchens hinüberleitet. Von selbst, nicht wie
bei Plautus gebeten, bietet sich der Vater an, um Hortense
zu werben. (6.) Die gelungene Figur des Crispin de la Cris-

pinière, dem alten Lucidor von einem Freunde als Diener empfohlen und als solcher aufgenommen, schliesst den Akt.

III. Akt. (1.) Pasquin berichtet Léandre, dass Lucidor ihn überall suche. Das plautinische Ergebnis des durchgeputzten Geldes (*V.* 406) wird hier zu einer langen Szene. (2.) Lucidor naht, um für seinen Sohn zu freien. Ganz, wie bei Plautus, will Léandre anfangs nichts davon wissen, dann aber erklärt er zum Entsetzen Pasquins: „Le seul débris qui me reste de ma fortune est une terre que je possède en Normandie; je donne cette terre à ma sœur, voilà sa dot." Pasquin sucht dies zu hintertreiben, und, wie im Original, schildert er das Gut, „si dur et si plein de roches qu'il faut six bœufs pour une seule charrue" (*V.* 523) u. s. w., sodass Lucidor auf das Gut verzichtet. Léandre besteht auf seiner Schenkung. „Si vous n'acceptez pas ma terre, je vous refuse ma sœur." (3.) Lucidor staunt über diesen seltsamen Charakter. „Quel mélange de bonnes et de mauvaises qualités!" (4.) Géronte kömmt dazu. Wie soll man es nun machen, um dem Mädchen von dem Schatze eine Aussteuer zu verschaffen, ohne dass Léandre der Sache auf den Grund kömmt? An Stelle des Auswegs, den (*V.* 771) Megaronides ersinnt, setzt Géronte einen andern, in einigen Punkten verschiedenen. Crispin, sein neuerworbener Diener, soll, als „officier marin" verkleidet, namens des Vaters von Pondichéri fünfzigtausend Thaler als Aussteuer für die Tochter überbringen. So soll sie die ihr gebührende Mitgift erhalten, ohne dass Léandre von dem Schatze erfährt. Lucidor geht, um Crispin „préparer adroitement à l'apparition de notre capitaine". (5.) Pasquin berichtet Géronte von seinem Herrn. Er wolle das Gut um jeden Preis abtreten, während er es zu retten bedacht sei. Er ahnt (6.), dass hinter dem Kapitäne etwas steckt, „une fable imaginée pour nos vieillards, pour nous tenir en échec, mon maître et moi."

IV. Akt. (1.) Léandre und Clitandre im Gespräch treten auf. Léandre will nichts hören. Vergebens versichert ihm Clitandre: „Je veux ce qui peut vous être utile et avantageux."

Léand. Et savez-vous mieux que moi ce qui me convient?
Clitand. Est-ce être sage, mon cher Léandre, que de refuser un bienfait?
Léand. Sachez qu'un bienfait cesse de l'être quand il déplait à celui que l'on veut obliger.
(*V.* 637): *Lu. An id est sapere, ut qui beneficium a beneuolente repudies?*
Le. Nullum beneficium esse duco id, quom quoi facias non placet.

Clitandre fährt fort, so ziemlich mit den Worten des Plautus, seinen Gegner zu bestimmen zu suchen. „Vos ancêtres ne vous ont-ils acquis tant de gloire & ne vous l'ont-ils transmise qu'afin qu'elle perît en vous" (*V.* 642).

Itan tandem hanc maiores famam tradiderunt tibi tui,
Vt uirtute eorum anteperta per flagitium perderes?

Alle seine weiteren Vorstellungen schliessen sich ziemlich enge an Plautus an; ihr Endziel ist: „Que vous accordiez votre sœur & que vous gardiez votre terre" (*V.* 713). Alles ist vergeblich, und trefflich charakterisiert (2.) Pasquin den Vorgang: „Que le Ciel bénisse les glorieux; je les aimerai toute ma vie. La gloire nous enlevoit notre terre, & la gloire nous la rend." (3.) Léandre folgt Julie, der Tochter Gérontes, die mit Hortense des Weges kömmt. Gerne würde sie bei ihm stehen bleiben, aber ihr Vater hat es ihr strenge untersagt. Léandre verteidigt sich in feuriger Sprache und versichert Julie seiner Liebe und Treue. Dazu kömmt (4.) Clitandre, und die alte Geschichte kömmt wieder zur Besprechung, wobei, wie schon früher, Pasquin seine lateinischen Zitate zum besten giebt. (5.) Clitandre lädt Léandre zu Tische; auch Pasquin soll folgen (6.), was diesem sehr erwünscht kömmt. Da erblickt er (7.) Scapin, den Diener Dorimons. Er kömmt, „tout droit des Indes," mit der Post von Pondichéri. Sein Herr hat ihn vorausgeschickt, „pour savoir où vous êtes, ce que vous faites, & en quelle situation sont vos affaires & pour lui en rendre compte dans le moment." Das genügt!

(8). Dorimon erscheint; in wenige Worte fasst er die lange Rede des plautinischen Charmides (*V.* 820) zusammen. (9.) Zu ihm gesellt sich Crispin, „en habit de marinier." Wie der „sucophanta" bei Plautus, spricht er von dem jungen Léandre, was Dorimons Aufmerksamkeit erregt. Crispin giebt sich als den Kapitän Crac de Rhinocéros aus, wobei Dorimon zu demselben Schlusse, wie Charmides, gelangt (*V.* 892): „Cet homme est un insigne fripon." Alsbald erfährt er von ihm: „Dorimon m'a remis cinquante mille écus que j'apporte à son fils pour marier sa sœur." Bei Plautus sind es nur Briefe (*V.* 885). Von Crispin erhält Dorimon Kunde über das Treiben seines Sohnes, dass Géronte sein Haus gekauft habe u. s. w., sodass er, vom Zorne übermannt, sich schliesslich zu erkennen giebt. Er ist (10.) trostlos über die Treulosigkeit Gérontes. Dieser (11.) kömmt ihm entgegen und begrüsst ihn; allein Dorimon ist so tief gebeugt, dass er in Ohnmacht sinkt. — Die Szene mit dem neu Angekommenen hat bei Plautus Stasimus.

V. Akt. (1.) Géronte und Dorimon haben sich gegenseitig ausgesprochen. Dorimon verehrt nun seinen Freund, doch ist er gereizt gegen seinen Sohn. Géronte sucht ihn zu trösten. Seine Trostgründe sind bezeichnend für das Zeitalter. „Les jeunes gens aujourd'hui sont si dépravés qu'à vingt-cinq ans la plûpart d'entre eux n'ont plus ni bien ni santé. On diroit aujourd'hui que les hommes se dépêchent de vivre." Allein Dorimon will erst den Edelmut seines Sohnes auf eine ernste Probe stellen. (2.) Pasquin tritt auf. Dorimon ist heftig erbittert gegen ihn, da er in ihm den Verführer seines Sohnes erblickt. Pasquin aber erwidert ihm kalt: „C'est vous qui l'avez formé; je n'ai contribué tout au plus qu'à le perfectionner." Doch bittet er zuletzt auf den Knien, der Vater möge ihm verzeihen. Géronte aber versetzt: „Dis-lui, que je ne le veux plus voir et que je ne lui pardonnerai jamais." Pasquin holt Léandre. (3.) Géronte staunt über Dorimons Härte: da bringt (4.) Pasquin seinen jungen Herrn. Vergeblich fleht Léandre lange um Gnade; langsam nur lässt sich der Vater erbitten; doch eines verlangt er. Im Garten des verkauften Hauses lag ein Schatz. Auf diesen soll er zu gunsten seiner Schwester verzichten; gerne willigt Léandre in diese Forderung. (5.) Lucidor wird Zeuge der Szene: ebenso (6.) Hortense. Dorimon giebt ihre Hand Clitandre, doch dieser nimmt sie nicht an, da seinethalben Léandre enterbt werden soll. Auch Hortense will dies nicht. „Voulez-vous que votre fils s'aille cacher dans un désert?" frägt Lucidor. Wo soll er sein Heim gründen? „Qui seroit la personne assez téméraire pour oser s'unir à lui?" frägt Dorimon. (7.) Da meldet sich die bisher lauschende Julie mit einer glühenden Verteidigungsrede für Léandre, und so löst sich das Stück, da endlich sich Dorimon, der sich lange Zwang anthat, versöhnen lässt. Léandre kann nicht ohne Moral schliessen. Seine Überzeugung ist jetzt, „que le plus funeste parti qu'on puisse prendre est de se laisser à ses passions & qu'il n'est point de vrai bonheur sans la sagesse et la vertu" — so ganz im Geschmacke des Destouches.

Trotz Fuhrmanns Urteil,[1]) der meint, „Destouches hat den Stoff zu fünf Aufzügen zu langweilig in dem ‚Trésor caché' ausgedehnt," ist dies Lustspiel ein ganz hübsches Bühnenstück. Völlig auf Plautus, ja sogar meist aufs Wort auf ihm beruhend, nur etwas modernisiert und lokalisiert, ist es durch Destouches' Zusätze und Beifügungen an Umfang und Inhalt gewachsen: doch muss man den vom Dichter neu erfundenen Szenen alle Anerkennung zollen.

---

[1]) Handb. III, 60, wo Cecchi auch zu Crocchi geworden ist.

Lessing[1]) urteilt (über Cecchis und) Destouches' Bearbeitung: „Sie haben beide grosse Stücke von fünf Aufzügen daraus gemacht und sind daher genötigt gewesen, den Plan des Römers mit eigenen Erfindungen zu erweitern . . . . Das vom Destouches führt den Titel: ‚Der verborgene Schatz' und ward ein einzigesmal, im Jahre 1745, auf der italienischen Bühne zu Paris aufgeführt. Es fand keinen Beifall und ist erst nach dem Tode des Verfassers, und also verschiedene Jahre später, als der deutsche ‚Schatz', im Druck erschienen."

Wie jemand, der Destouches' „Trésor caché" gelesen hat, oder, vielleicht richtiger gesprochen, die Mostellaria und den Trinummus des Plautus, das Stück des Destouches eine Nachahmung der Mostellaria nennen kann, ist unbegreiflich. Dies thut der Herausgeber der Werke Regnards,[2]) wenn er sagt: „Enfin Destouches a cherché aussi à mettre sur notre scène le Mostellaria. Sa comédie du ‚Trésor caché', imprimée dans ses œuvres posthumes est une imitation de la comédie de Plaute; mais on n'y reconnaît point l'auteur du Glorieux ou du Philosophe marié. Ce sujet si plaisant, et qui fournissait tant de situations comiques, est rendue d'une manière froide et languissante: cette pièce est l'une des plus mauvaises de ce poète qui, d'ailleurs, tient un rang distingué sur la scène française."

Unbegreiflich! Freilich, der sprudelnde Scherz der Mostellaria und das Ernste, Moralische des Trinummus sind himmelweit auseinander, und wer die „situations comiques" der Geisterkomödie in dem Familienstücke des Trinummus sucht, kann zu keinem andern Urteil gelangen, ganz besonders, wenn er den Nachweis liefern will, dass Regnard als Nachahmer der Mostellaria über seinem Rivalen Destouches steht, und schliesst: „Telles sont les principales pièces imitées du Mostellaria; et ce que nous avons dit suffit pour faire juger de la supériorité de celle de Regnard."

Dass Destouches nochmal zum Trinummus in seinem Lustspiel „Le Dissipateur" (S. 486 ff.) gegriffen habe,[3]) ist schwerlich aus diesem Stücke nachzuweisen.

Das fünfaktige Lustspiel in Versen, „Le Trésor" von Andrieux[4]) (zum erstenmale am 28. Januar 1804 am Théâtre Louvois gespielt), hat mit dem Trinummus nichts gemeinsam. Hier handelt es sich um ein Mädchen, Cécile de Méry, dem sein

---

[1]) Hamb. Dram. Neuntes Stück (a. E.).
[2]) Oeuvres complètes de Regnard. Paris (Delahays 1854), S. 594.
[3]) Sommer (Les comédies de Plaute etc.), II. 408. On rapprochera avec intérêt des Trois Deniers le Dissipateur de Destouches.
[4]) Paris (chez Madame Masson) An XII. (1804.)

Vater ein grosses Vermögen hinterliess mit der Bestimmung, dass das Kind arm erzogen werde:

> que vous élevant avec simplicité
> On éloignât de vous la folle vanité.

Über Ant. le Brets „Épreuve indiscrette", Comedie en vers (1764), bemerkt Fuhrmann,[1]) dass dort „einige Szenen aus Plautus' ‚Dreier' nachgeahmt" seien.

Aus dem Jahre 1750[2]) stammt G. E. Lessings Komödie „Der Schatz",[3]) „in welcher der Verfasser alle die komischen Szenen seines Originals in einen Aufzug zu konzentrieren gesucht hat."[4]) Lessing hat aus diesem Stücke, wie Plautus, die weiblichen Rollen ferne gehalten. „Es sind keine Frauenzimmer in diesem Stücke; das einzige, welches noch anzubringen gewesen wäre, würde eine frostige Liebhaberin sein; und freilich lieber keines, als so eines. Sonst möchte ich es niemanden raten, sich dieser Besonderheit zu befleissigen. Wir sind zu sehr an die Untermengung beider Geschlechter gewöhnt, als dass wir bei gänzlicher Vermissung des reizendern nicht etwas Leeres empfinden sollten."[5])

(1.) Leander (= Lusiteles) gesteht seinem Vormund Staleno (= Megaronides), dass er verliebt sei. Von der Schilderung der Reize seiner Braut will der Vormund nicht viel hören. Seine stehende Frage: „Was bringt sie mit?" muss endlich nach langem Ausweichen Leander dahin beantworten: „Wenig — — Sie wissen ja selbst, was man wenig nennt ... Das Wenige, Herr Staleno, ist — ist gar nichts." Die Geliebte ist Kamilla, deren Vater, Anselmus, neun Jahre bereits abwesend ist. „Schon seit vier Jahren hat man nicht die geringste Nachricht von ihm. Wer weiss, wo er modert, der gute Anselmus! Es ist für ihn

---

[1]) A. a. O. III, 60.
[2]) Doch wurde er erst 1755 im 5. Teile der Lessingschen Schriften gedruckt.
[3]) Auf S. 130—207 der „Lustspiele von G. E. Lessing. Zweyter Theil. Reutlingen (bey Joh. Geo. Fleischhauer), 1775."
[4]) Hamburg. Dramat. Neuntes Stück.
[5]) Ebenda. — Vgl. E. Sierke, Lessing als angehender Dramatiker. 1869, S. 10—55. Ferner findet sich „Der Schatz" Lessings mit dem Triuummus verglichen in den Schulprogrammen des Gymnasiums zu Hohenstein in Preussen von Gervais 1851, 1858, 1864; in zwei Programmen der Realschule Siegen von Hölscher 1842, 1843; flüchtig auch in A. Wolfroms Programmen des Domgymnasiums zu Magdeburg 1860, 1866.

auch eben so gut. Denn wenn er wieder kommen sollte, und
sollte sehen, wie es mit seiner Familie stünde, so müsste er sich
doch zu Tode grämen." Er war Stalenos Herzensfreud. Allein
sein Sohn Lelio (Lesboniens) hat alles vergeudet, und Philto
(Callicles), dem Anselmus die Aufsicht über seine Kinder anvertraute, ist ein alter Betrüger. „Ich wollte," sagt Staleno, „eben
zum alten Philto gehen, der sonst mein guter Freund ist, und
ihm den Text wegen seines Betragens gegen den Lelio lesen.
Nun hat er dem lüderlichen Burschen auch sogar das Haus abgekauft, das Letzte, was die Leutchen noch hatten. Das ist zu
toll! das ist unverantwortlich." Leander geht. Staleno (2.)
schickt sich an, zu Philto zu gehen, auf den er Schlösser gebaut hätte (3.); da kömmt Philto selbst. Er erhält schwere
Vorwürfe wegen des Hauskaufes, und erzählt dann das Geheimnis des Schatzes, und weshalb er das Haus kaufte. Staleno
flucht den Verleumdern. „Dass die Leute, die allen Plunder
wissen wollen, und sich mit Nachrichten schleppen, wovon doch
weder Kopf noch Schwanz wahr ist, bey dem Henker wären!" Auf
sechstausend Thaler beläuft sich Kamillas Aussteuer. Staleno
wirbt nun für seinen Mündel um ihre Hand, was Philto freudig
annimmt. Aber ein anderes Bedenken ist die Geldfrage. Philto
rechnet so: „Das Geld ist verborgen; wenn ich es hervorbringe,
wo soll ich sagen, dass ich es her bekommen habe? Soll ich die
Wahrheit sagen: so wird Lelio Lunte riechen, und sich nicht ausreden lassen, dass da, wo sechstausend Thaler gelegen, nicht
noch mehr liegen könnten. Soll ich sagen, dass ich das Geld
von dem Meinigen gebe? Das will ich auch nicht gern. Die
Leute würden doch nur neuen Anlass, mich zu verleumden, daraus
nehmen. Philto, sprächen sie vielleicht, würde so freygebig
nicht seyn, wenn ihm nicht sein Gewissen sagte, dass er die
armen Kinder um gar zu vieles betrogen habe." Da gerät nach
längerem Besinnen Staleno auf den Gedanken: „Wie wenn wir,
für ein gutes Trinkgeld, einen Kerl auf die Seite kriegten, der
frech genug wäre, und Mundwerk genug hätte, zehn Lügen in
Einem Athem zu sagen. Der müsste verkleidet mit zwei Briefen
von Anselmus kommen, und der Kerl müsste thun, als ob er
das Geld zur Ausstattung mitbrächte." Philto ärgert sich, dass
er in seinen „alten Tagen noch solche Kniffe brauchen muss, und
zwar des lüderlichen Lelios wegen"; aber es geht nicht anders.

(4.) Lelio mit seinem Diener Maskarill (Stasimus) tritt
auf, der ihn um zehn Thaler betrügen will und dabei aufkömmt.
Wir erfahren von Lelios ungeordnetem Leben, da teilt ihm
Philto mit, dass Staleno um seine Schwester Kamilla angehalten habe; da er aber erfuhr, dass Lelio alles verthan habe,
„nahm er seine Anwerbung wieder zurück." Das veranlasst

Lelio zu ernstem Nachdenken. Sobald Philto weg ist (5.), berät er mit Maskarill, wie die Sache sich regeln liesse. Maskarill hat aber nur Witzworte zur Erwiderung. (6.) Eben recht kömmt Staleno. Lelio begrüsst ihn und macht ihm ein Anerbieten. „Vielleicht ist es Ihnen nicht unbekannt, dass mir eine alte Pathe ein so ziemlich beträchtliches Vorwerk in ihrem Testamente hinterliess." Dies soll die Schwester als Aussteuer erhalten. Vergeblich sucht Maskarill, seinen Herrn von dieser Idee abzubringen, und macht sich, da Lelio fort ist, um „ein aufrichtiges Verzeichnis von allen Schulden", die er darauf hat, für Staleno zu holen, an diesen, um ihn (7.) zu warnen. Alles ist verschuldet. „Der Boden, worauf das Vorwerk liegt, muss gleich die Gegend seyn, in welcher aller Fluch, der jemals über die Erde ausgesprochen worden, zusammengeflossen ist . . . Wenn rund herum die Nachbarn die reichste Erndte haben, so bringen die Äcker, die zu dem Vorwerke gehören, doch kaum die Aussaat wieder. Alle Jahre macht das Viehsterben die Ställe leer . . . Es hat kein Knecht ein halb Jahr da ausgehalten, und wenn er auch eine eiserne Gesundheit gehabt hätte . . . ." Ja sogar nicht ganz geheuer ist es dort. (8.) Da Maskarill allein ist, bedauert er zwar seinen Herrn. „Er ist immer eine gute Haut gewesen." Allein ihm kann es nicht fehlen. „Meine Schäfchen sind im Treugen."

(9.) Anselmo ist angekommen. Maskarill erblickt ihn mit Staunen. Anselmo will zu seinen Kindern; da hört er, dass sie im väterlichen Hause nicht mehr wohnen. „Sein väterliches Haus war ihm zu gross — — zu klein; zu leer — zu enge." Leander ist ein grosser Handelsmann geworden. „Er lebt, schon seit mehr als einem Jahre, von nichts, als vom Verkaufen." Noch immer will Maskarill nicht glauben, dass er Anselmo vor sich habe. „Ja! so zweifle, du verzweifelter Zweifler!" ruft ihm Anselmo zu. Während (10.) Anselmo seinen Erwerb überzählt (11.), tritt der Trommelschläger Raps „in einer fremden und seltsamen Kleidung" auf. „Diese Figur," meint Anselmo, „muss in das Geschlecht der Pilze gehören. Der Hut reicht auf allen Seiten eine halbe Elle über den Körper." Raps frägt Anselmo um einen gewissen Lelio und erzählt im Weiteren, wie er Briefe von Lelios Vater, seinem guten Freunde, habe. Er berichtet von seinen Reisen, wie der Pax des Plautus; endlich wird es Anselmo zu viel; er wird ungeduldig und erklärt sich als Anselmo. „So geschwind Sie sich anselmisirt haben, so geschwind werden Sie sich auch wieder entanselmisiren müssen,"[1]) meint Raps, der sich bald grob entfernt. Anselmo

---
[1]) Siehe dies Wortspiel, S. 228.

ruft einen Träger (12), um seinen Koffer zu Kaufmann Lelio zu bringen. Einen solchen kennt der Träger nicht: endlich aber besinnt er sich. „Sie meynen den lüderlichen Lelio ... Sein Vater war der alte Anselmo. Das war ein garstiger, geiziger Mann, der nie genug kriegen konnte ..." u. s. w. Auf diese Weise erfährt Anselmo alles Nötige, besonders von Philtos Vormundschaft. Da kömmt (13.) Philto. „Ich muss doch sehen, wer hier das Herze hat, sich für den Anselmo auszugeben?" Da erkennt er seinen alten Freund; dieser aber lässt ihn sofort hart an. Rasch beschwichtigt ihn Philto und führt ihn ins Haus.

(14.) Maskarill und Lelio, der seine bisherige Nichtswürdigkeit lebhaft empfindet, treten auf. Wer soll, wer kann Vorsprecher für ihn seyn? Nach langem peinlichem Bedenken sagt Maskarill: „Kurz, Ihr Vater soll Ihr Vorsprecher bei dem Herrn Anselmo seyn." „„Was heisst das?"" „Das heisst, dass ich einen Einfall habe, den ich Ihnen hier nicht sagen kann."

(15.) Philto und Anselmo haben sich geeinigt; zu ihnen tritt (16.) Staleno. Anselmo bedauert, seine Tochter Leander nicht geben zu können, da er sie dem Sohne eines guten Freundes, „der vor kurzem in Engeland verstorben ist," noch auf dem Todbette versprochen habe. Glücklicherweise stellt sich heraus, dass Leander eben dieser Sohn Pandolfos ist, dem das Versprechen galt. (17.) Maskarill übernimmt nun die Versöhnung zwischen Vater und Sohn. Jammernd stürzt er herein. Ach! welch tragische Begebenheit! Lelio nahm den Degen und — „Und?" „„Und steckte ihn an. Komm, rief er, Maskarill! mein Vater wird auf mich zürnen, und sein Zorn ist mir unerträglich. Ich will nicht länger leben, ohne ihn zu versöhnen. Er stürzte die Treppe herab, lief sporrenstreichs zum Hause hinaus, und warf sich nicht weit von hier — (indem Maskarill dieses sagt, und Anselmo gegen ihn gekehrt ist, fällt ihm Lelio auf der andern Seite zu Füssen) — — zu den Füssen seines Vaters —""

Anselmo verzeiht seinem Sohne, droht aber Maskarill, ihn zum Henker zu jagen. „Das ist unbillig! — —" schliesst Maskarill. „Doch jagen Sie mich oder behalten Sie mich; es soll mir gleichviel seyn. Nur zahlen Sie mir vorher die Summe aus, die ich Ihnen schon sieben Jahr geliehen habe, und aus Grossmuth noch zehn Jahre leihen wollte."

In dieser Weise hat Lessing, allerdings unter dem Einflusse Molières,[1]) den plautinischen Trinummus verarbeitet.

E. Sierke (S. 55) gelangt zu dem Schlusse: „Auch wir schliessen uns dem oft verlautbarten Urteile über den „Schatz"

---

[1]) Vgl. Danzel I, 150 ff.; Archiv von Schnorr C., X, 1. — Vgl. ferner S. 99.

an, welches denselben als eine von den besten Jugendarbeiten Lessings bezeichnet, und sind der Überzeugung, dass die Wirksamkeit dieses Lustspiels in einer zeitgemässen und würdigen Umgestaltung, bei der namentlich die Einwebung weiblicher Charaktere von ganz besonderer Wichtigkeit sein würde, auch auf unserer heutigen Bühne ausser Frage stehen dürfte."

Nichts mit dem Trinummus gemeinsam hat C. W. Contessas Lustspiel „Der Schatz".[1]

Deutsche Übertragungen des Trinummus finden sich im zweiten Teile von Joh. Eust. Goldhagens gr. u. röm. Anthologie, Brandenb. 1767;[2] von Leo Lipsius, Schmalkalden 1768;[3] von Frd. Reinh. Ricklefs als drittes Stück („Der Dreyer") des dritten Bandes von Fried. Aug. Wiedeburgs humanistischem Magazin, Helmst. 1789; von Sigmund Adam Gock, Tübingen 1801; dann auch von neueren, wie Geppert, 1844; F. Osthelder, Speier 1852; W. Wagner, Frkf. 1861; Emil Koch, „Der Dreigroschentag", in der Universalbibliothek von Reclam, No. 1307.

XX. Truculentus.[4]

Den Truculentus des Plautus, so genannt nach V. 255 ff., wo der derbe Bauer Stratullax auftritt, bezeichnet Teuffel[5] als ein Stück „voll guter, aber wilder Laune, zum Teil etwas redselig". Es hat verschiedene Beurteilungen erfahren. Rapp[6] sagt: „Mein französischer Übersetzer hielt es für der plautinischen Sammlung so ganz unwürdig, dass er auf die merkwürdige Konjektur gerät, Plautus, nachdem er an zwanzig griechische Stücke nachgeahmt, habe doch auch einmal seine eigene Erfindungskraft auf die Probe stellen wollen; selbiges sei ihm denn so übel geraten, wie figura zeige." Wir wissen aber aus Ciceros Worten (S. 690), dass der Dichter selbst sich dieses Stückes freute, es also nicht zu den misslungenen zählte.

Richtig ist, dass wir es hier mit keinem durchgefeilten Lustspiele zu thun haben. Die Hauptrolle hat die Buhlerin, sie tritt

---

[1] Enthalten auf S. 55—145 des Almanach für Privatbühnen. II. Bändchen. (1818. Lpz.)
[2] Gödeke Grd., II, 1049.
[3] Gödeke a. a. O. — Sulzer. III. 705ᵇ.
[4] Ausgaben von Göller (Köln 1824); F. H. Bothe (Lpz. 1840); Geppert (Berl. 1863); A. Spengel und W. Studemund (Gött. 1868). Hier ist zitiert nach Geppert. — A. Spengel, Lectiones Plautinae (München 1866).
[5] G. d. r. L., S. 152.
[6] Die pl. L., S. 1019.

allzu scharf und abgesondert hervor; sie „erscheint hier in ihrer Vollendung gleichsam als erschöpfendes Paradigma",[1]) oder wie Lessing[2]) sagt: „Den Inhalt machen die verschiedenen Kunstgriffe aus, die eine Buhlerin anwendet, drei unterschiedene Liebhaber auf ihrer Seite zu gleicher Zeit zu behalten."

Ein kurzer Prolog[3]) leitet das Stück ein.

Diniarchus, der treue Liebhaber Phronesiums, setzt gewissermassen den Prolog fort. Phronesiums Magd, Astaphium, tritt aus dem Hause und bespricht sich mit Diniarchus. Nach Art der Kupplerinnen vergleicht sie den Unbemittelten mit einem Toten (V. 166):

> Dum uiuit, hominem noueris: ubi mortuost, quiescas.
> Te, dum uiuebas, noueram.

Bei Dirnen ist anders nichts zu haben. Dennoch macht sie Diniarchus glauben, ihn liebe Phronesium am meisten (V. 188: „Te unum ex omnibus amat"). Indessen sei Phronesium eben entbunden worden. Der Vater des Kindes sei ein babylonischer Soldat, der jeden Augenblick erwartet wird. Diniarchus geht ins Haus ab.

Astaphium erzählt nun, wie Diniarchus Geld und Gut bei Phronesium verloren habe (V. 215):

> Huic homini amanti mea era naeniam apud nos dixit de bonis,
> Nam fundum et aedes obligatae sunt ob amoris prandium.

Bei Buhlerinnen ist es eben nicht anders; sie gleichen Dornbüschen (V. 228):

> meretricem sentis similem esse addecet,
> Quemquem hominem attigerit, profecto ei aut malum aut damnum dari.

Im zweiten Akte — einige rechnen zu demselben bereits Astaphiums Selbstgespräch — treten Astaphium und Stratullax zusammen, der Truculentus, der dem Stücke den Namen gegeben hat. Stratullax tritt der Dirne in derbster Weise entgegen. Sie und ihre Herrin führen seinen jungen Herrn Strabax auf Irrwege; er wolle solches nicht länger mehr dulden. Diniarchus kehrt zurück; das Warten auf Phronesium wird ihm zu lange. Bald kömmt indes Phronesium und

---

[1]) Rapp. A. a. O., S. 1015.
[2]) Beiträge. S. 51.
[3]) Teuffel, Studien S. 279. „So kurz der Prolog zum Truculentus ist, so reich ist er an faden Witzen; dass er von Plautus selbst nicht herrührt, scheint hervorzugehen, nicht nur aus der Art, wie V. 1 Plautus' Name genannt ist, sondern auch aus V. 13, vgl. mit 20, dem Gegensatze, in welchen der Redende seine Zeit stellt zu der im Stücke selbst geschilderten, welche Plautus stillschweigend und durch mancherlei Auspielungen mit seiner eigenen zu identifizieren pflegt."

erzählt ihm, sie sei nie schwanger gewesen und habe nie geboren (*V.* 388):

> Equidem neque peperi puerum neque praegnans fui.

Sie habe nur im vorigen Jahre mit einem babylonischen Soldaten gelebt, und dieser müsse nun für Alimentation eines vorgeblich von ihm stammenden Kindes aufkommen. Dieses Kind habe ihr die Baderstrau Sura vermittelt. Diniarchus, der sie schon mit den Worten begrüsste,:

> Ver uide!
> Vt tota floret! ut olet! ut nitide nitet![1]

(*V.* 352), ist nun ganz begeistert. Das ist keine Dirne, sondern eine gleichgesinnte Seele (*V.* 433):

> Pro di inmortales! non amantis mulieris
> Sed unanimantis sociae, fidentis fuit
> Officium facere, quod modo haec fecit mihi.

Er geht, um Geschenke für sie zu kaufen.

Phronesium wird im Hause sichtbar; sie legt sich als Wöchnerin mit dem Kinde zu Bette. Der babylonische Soldat, Stratophanes, tritt auf; er lässt sich von der Geburt berichten und bringt Phronesium seine Geschenke, zwei Sklavinnen, Purpurkleider u. a. Phronesium ist damit durchaus nicht zufrieden. Stratophanes verlässt sie; da sieht er Geta, den Sklaven des Diniarchus, „qui ducit pompam tantam" (*V.* 545), der eben mit Geschenken beladen heranzieht. Er beobachtet, wie Phronesium alle Gaben freudig aufnimmt; endlich wird es ihm doch zu bunt; er eilt hinein. Geta ergreift den Rückzug, Phronesium geht ab, und Stratophanes bleibt unentschlossen stehen.

Im dritten Akte tritt Phronesiums dritter Liebhaber, Strabax, auf. Er hat an Stelle seines Vaters zwanzig Minen für Tarentiner Schafe eingenommen (*V.* 636):

> Postquam illuc ueni, eccum aduenit (sic dis placet)
> Ad uillam argentum meo qui debebat patri,
> Qui ouis Tarentinas erat mercatus de patre,

und hofft nun, bei seiner Geliebten alle andern städtischen Bewerber auszustechen (*V.* 647):

> Nunc ego istos mundos urbanos amasios
> Hoc ictu exponam atque omnes eiciam foras.

---

[1] Sainte-Beuve (Causeries du lundi, IV, 30) erinnert sich dieser Stelle, wenn Figaro (la folle journée, ou le mariage de Figaro. Comédie en cinq actes, en prose par M. de Beaumarchais, Paris [Ruault] 1785) von seiner Susanne sagt (1, 2. S. 8): „La charmante fille! toujours riante, verdissante, pleine de gaieté, d'esprit, d'amour et de délices!" Doch ist die Ähnlichkeit beider Stellen gewiss nur eine zufällige.

XX. Truculentus.

Geht ihm ja doch Phronesium über Vater und Mutter (V. 651):

quam mage amo quam matrem meam.

Stratullax vermutet, dass sein junger Herr in dieses Haus des Verderbens gegangen sei. „Conlapsus est hic in corruptelam suam" (V. 659). Er thut Astaphium schön und wird von ihr gleichfalls eingelassen (V. 685):

in tabernam ducor deuorsoriam,
Vbi mello accipiar mea mihi pecunia.

Im vierten Akte tritt Diniarchus auf, freudig, dass seine Geschenke gut aufgenommen wurden. Astaphium berichtet ihm, dass eben Strabax drinnen sei; „nunc is nobis fundus est" (V. 716); deshalb darf Diniarchus jetzt nicht eintreten. Heftig erzürnt ruft Diniarchus alles Unheil über Phronesium, da sieht er Callicles nahen, mit dessen Tochter er verlobt ist. Callicles führt zwei Mägde herbei, die nun unter Schlägen gestehen, dass sie das Kind seiner Tochter nahmen und es Phronesium aushändigten. Im Hintergrunde belauscht Diniarchus den Vorgang, und da Callicles zornig weiter forscht, wer seine Tochter um ihre Ehre gebracht habe, tritt Diniarchus vor und gesteht seine Schuld (V. 814):

Assum. Callicles. Per tua opsecro
Genua, ut tu istuc insipienter factum sapienter feras
Mihique ignoscas, quod auimi inpos uini uitio fecerim.

Erbost über diesen Streich, entzieht der Alte seiner Tochter sechs schwere Talente (V. 832):

Nunc habeas, ut nactu's, uerum hoc ego te multabo bolo:
Sex talenta magna dotis demam pro ista inscitia,

von der versprochenen Mitgift.

Phronesium tritt auf. Sie weiss, dass das Kind von Diniarchus ist, und erbittet es sich nur auf drei Tage, was dieser zugesteht, da es ja gilt, den Soldaten zu prellen (V. 874):

Propter hunc spes etiam est, hodie detonsum iri militem,
Quem ego ecastor mage amo quam me, dum id, quod cupio, inde aufero.
Quia cum multum apstulimus, haud apparet multum, quod datum est.
Ita sunt gloriae meretricum.

Im fünften Akte erscheint der Soldat Stratophanes; ihn ruft die Liebe (V. 881). „Hocine amare est!" Phronesium nimmt ihm möglichst viel ab und lässt es in ihr Haus tragen, aus welchem eben Strabax betrunken tritt. Da Phronesium ihn umarmt, fährt Stratophanes auf und gerät mit Strabax in Streit.

Stultus atque insanus damnis certant: nos saluae sumus!

ruft Phronesium (V. 937). Jeder bezahlt Phronesium; sie

nimmt es von beiden an, ladt beide ein und versteht sich darauf, beiden zu willfahren (V. 948):

> Tu dedisti: hic iam daturust: istuc habeo, hoc expeto.
> Verum utrique mos geratur amborum ex sententia.

Damit endet das Stück, das, wie der Dichter sagt, unter dem Schutze der Venus steht (V. 955 „Veneris caussa adplaudite; eius haec in tutela est fabula,") und von Dirnen handelt, deren es heutzutage mehr als Fliegen an einem heissen Sommertag giebt (V. 66):

> Nam nunc lenonum et scortorum plus est fere,
> Quam olim muscarum est, cum caletur maxume.

Einzig um diese Dirne dreht sich das Stück; „die schlaue Buhlerin macht den Mittelpunkt."[1]) Schon der Prolog schildert sie (V. 13):

> Haec huius secli mores in se possidet;
> Numquam ab amatore postulauit, quod datum est,
> Sed relicuom dat operam ne sit relicuom
> Poscendo atque auferendo, ut mos est mulierum.
> Nam omnis id faciunt, cum se amari intellegunt.

Sie ist eine Kupplerin, wie Astaphium sie zeichnet (V. 226):

> Bonis esse oportet dentibus lenam probam: adridere,
> Quisquis ueniat, blande alloqui, male corde consultare,
> Bene lingua loqui

u. s. w. Ihrer Geldgier ist nichts genug. „Nilne huic sat est?" klagt Stratophanes (V. 538). „Ne unum uerbum mihi quidem nunc dixit." Aus allem zieht sie geschickt Vorteil, und trefflich weiss sie ihre Schönheit („Ver uide! ut tota floret! ut olet! ut nitide nitet" V. 353) auszunützen.

Ihre Anschauungen teilt Astaphium, ja sie trägt dieselben in viel derberer Form vor. Des Diniarchus Versprechen lockt sie sofort; wer ohne Geld ist, ist tot. Sie trägt falsche Zöpfe.

> Iam hercle ego stos fictos, compositos, crispos cincinnos tuos
> Unguentatos usque ex cerebro euellam

droht ihr (V. 286) Stratullax. Sie ist rot und weiss geschmückt:

> Buccas rubricia, creta omne corpus intinxti tibi (V. 293).
> — bucculas tam belle purpurissatas habes (V. 289).

Mit dem Gelde gehen beide schlecht um. Leicht, wie sie es verdienen, werfen sie es weg.

---

[1]) Rapp a. a. O., S. 1017.

Meretricem ego item esse reor, mare ut est: quod des deuorat nec abundat

urteilt (*V.* 564) Geta, der bei dieser Wirtschaft selbst zum Diebe wird:

> Cum haec uideo fieri, suffuror: de praeda praedam capio

(*V.* 563). „Stabulum flagiti" nennt Geta (*V.* 581) Phronesium.

Diniarchus hat die Liebe zum Verschwender gemacht. Er schätzt sich glücklich, wenn die Buhlerin überhaupt von ihm Gaben annimmt (*V.* 425):

> Lucrum hercle uideor facere mi, uoluptas mea,
> Vbi quippiam me poscis.

Stratullax, von dem das Stück den Namen hat, ist ein vollendeter Grobian („violentust" *V.* 316). Er sieht aus, als ob er mit Senf genährt worden wäre (*V.* 314):

> Si ecastor hic homo sinapi uictitet, non censeam
> Tam esse tristem posse.

Er ist ein derber Bauer. („Nimis quidem hic truculentust," *V.* 264; „Rus merum hoc quidem est," *V.* 268.)

Der übliche Miles ist hier der geprellte Stratophanes, der babylonische Soldat (*V.* 86, 204, 391), in herkömmlicher Weise „gloriosus". Astaphium berichtet ihm von dem neugebornen Knäblein, dass es nach der Geburt Schwert und Schild verlangte. „Meus est, scio iam de argumentis" (*V.* 503), erwidert Stratophanes. „Iam magnust? iam leto dat legionem, quam spoliare uolt?" (*V.* 504) u. s. w.

Zwar verspricht er, nicht zu bramarbasieren (*V.* 478):

> Ne expectetis, spectatores, meas pugnas dum praedicem:
> Manibus duella praedicare soleo, haut in sermonibus.
> Scio ego multos memorauisse milites mendacium,

u. s. w. Doch aber nennt er sich Mars (*V.* 511):

> Mars peregre adueniens salutat Nerienem uxorem suam,

und bringt als Sklavinnen einstige Königinnen, die er sich erkämpfte (*V.* 527):

> Ecce hae reginae domi
> Suae fuerunt ambae, uerum patriam ego excidi manu.

In Deutschland hat R. Lenz den Truculentus des Plautus erst übersetzt, dann modernisiert und in sein Lustspiel „Die Buhlschwester" umgewandelt. Hierüber berichtet Weinhold:[1]

---

[1] Dramat. Nachlass, S. 29.

„Die ... Lenzische Übersetzung des Truculentus war die Grundlage für die Nachbildung: „Die Buhlschwester." Dabei verlegte Lenz die Komödie von Athen nach Königsberg. Die verschlagene Hetäre Phronesium ward in ein gewisses Julchen verkleidet, ihr Mädchen Astaphium heisst nun Rahel. Die drei im Netze zappelnden Buhler sind der Kaufmann Fischer-Diniarchus, der prahlerische und am meisten betrogene Stratophanes ist zum Hauptmann von Schlachtwitz gemacht und der tölpische Strabax zum Landjunker von Bauchendorf. Stratullax heisst nun Adam, Callicles Bürger Reibenstein, Geta Hausknecht Hans. Den Schluss hat Lenz mit wenig Strichen in der Buhlschwester wirksamer gemacht, indem das saubere Julchen, nachdem sie die beiden Junker peinlich ausgebeutet hat, eilig Königsberg verlässt. Der Verdeutschung des Truculentus hat Lenz ein Nachwort, dem grossprahlerischen Offizier ein Vorwort vorangestellt, um den Zuhörern in der Salzmannschen Gesellschaft den alten Plautus im neuen Kleide zu empfehlen."

Ein Vergleich der ersten Szene des Lenzschen Truculentus mit seiner Buhlschwester zeigt, wie er bei seiner Umarbeitung verfuhr.

Der Trukulentus,[1])
ein Lustspiel d. Plautus verdeutscht.

Die Buhlschwester.[2])

(S. 77.) **Erster Akt.**
Erste Scene.
Dinarchus.

Eine ganze Lebenszeit reicht nicht zu, einen Liebhaber zu lehren, auf wie viele und mannichfaltige Weise man ihn zu Grunde richtet. Wie viel Schmeicheleyen werden angewandt — wie viel Gezänke! gütige Götter! Ein Wink mit den Augen — Das ist die Lockspeise am Angel. Man trägt sich einige drey Nächte, unterdessen erkundigt sie sich heimlich nach unsern Umständen u. nach unserer Gemüthsart, ob wir hausshälterisch oder grossthuerisch seyn, das heisst denn den Angel auswerfen, denn in der That ist die Liebe der Frauenzimmer heut zu Tage dieselbe, die ein hungriger Fischer zu den allerliebsten Forellen und Karpen im Wasser fühlt.

Unterdessen beisst der Liebhaber an, und wenn er sich den Stachel recht gierig in Brust und Herz ge-

(S. 125.) **Erster Akt.**
Erste Scene.
Fischer.

Methusalems Alter reichte nicht zu, einen Liebhaber klug zu machen. Mag er noch so oft anlaufen, noch so oft sich vornehmen, jetzt vernünftiger zu handeln — es ist alles umsonst, ein Blick, ein Athem seiner Schönen wirft den ganzen babylonischen Thurm seiner guten Vorsätze über'n Haufen. Julchen hat mich um mein ganzes Vermögen gebracht, ich reise nach Danzig, ich gewinne im Spiel, ich stecke das Geld in meinen Handel, ich komme mit dem Vorsatz zurück, sie jetzt nicht eher wieder zu sehen, als bis ich wieder mich zu meinem vorigen Wohlstand emporgeschwungen habe — — ja, und was kann ich dafür, dass mich jetzt eine unbekannte Macht bis unter ihr Fenster hinzieht, was kann ich dafür, dass ich jetzt die Hand ausstrecken

---

[1]) Bei Weinhold a. a. O., S. 77—106.
[2]) Ausg. von Tieck (1828), S. 123—165.

drückt hat, so muss er, sein Beutel und sein guter Name eines elendiglichen Todes sterben. So ist die Haushaltung in unsern artigen Häusern.	muss, ich mag wollen oder nicht, um an ihrer Schelle zu ziehn (klingelt), niemand kommt; sie wird doch noch hier wohnen — oder ist's wahr, was mir mein Barbier erzählte, dass sie in Wochen liegt — es kann nicht möglich sein, es sind ja noch nicht zwei Monat, dass ich von Königsberg reiste, und ich habe doch nichts gemerkt — o Julchen! Wer könnt' auch eine solche Nachricht von dir glauben, ohne drüber den Verstand zu verlieren — es kommt niemand — als ob die Pest im Hause wäre — (klingelt abermals).
U. s. w.	U. s. w.

Die Neubearbeitung ist eine ziemlich starke Zusammenziehung des plautinischen Textes. Die Handlung der Buhlschwester ist wie folgt:

I. Akt. (1.) Fischer, ein junger Kaufmann, ist in Julchen verliebt. Er hatte ihr bereits sein ganzes Vermögen geopfert, als er das Verlorene im Spiele wieder gewann und sofort seiner Geliebten nachreiste. Er klingelt an Julchens Hause, (2.) ihr Mädchen Rahel öffnet ihm. Man hat Fischer längst tot geglaubt, jetzt will man wenig mehr von ihm wissen, weil man ihn für arm hält. Sobald jedoch Rahel gehört hat, dass er noch ein Schiff erwarte, wird sie teilnehmender und lässt ihn ein. (3.) Von Rahel hören wir einiges über Fischers früheres Leben. „Es ging ihm und uns, wie mit einem Rade, sowie er hinunter kam, so kamen wir empor." Rahel hat es auf den Landjunker von Bauchendorf abgesehen, nur sein Bedienter Adam ist ihr hinderlich. Dieser erweist sich in der nächsten (4.) Szene als einen bärbeissigen Diener, der wohl ahnt, dass man es auf seinen Herrn abgesehen habe, um ihm sein Geld abzulisten. (5.) Fischer hat Julchen noch nicht treffen können, alsbald aber (6.) eilt sie ihm mit offenen Armen entgegen. Er findet sie hübscher, als vor zwei Monaten — bis auf die Taille, und Julchen erzählt ihm dann, sie habe „einen jungen Sohn bekommen". Rittmeister Schlachtwitz habe ihr einst oft versprochen, er werde sie zu seiner Erbin machen. Eines Abends zechten sie ihn an. „Ich blieb bei ihm sitzen, meine Mutter machte gegen den Morgen einen erschrecklichen Lärm, sie hätte uns beide in einer Stellung betroffen, die sich nur für Eheleute schickte." Schlachtwitz nahm Reissaus und schrieb vor einigen Tagen von Marienburg, er wolle, da er gehört habe, sie sei schwanger, jährlich tausend Thaler zahlen. Das Gerücht sprengte Julchen aus; denn „meinen Sie, dass ich mich was darum bekümmere, ob mich die Leute für dies oder das halten." (!) Von einer Jungfer

Reibenstein erhielt sie dann ein Kind, und sowie Schlachtwitz kömmt, legt sie sich mit dem Kinde zu Bette. Sie beredet nun Fischer, für eine Kollation zu sorgen. Dieser sieht ihr (wie Diniarch) nach mit den Worten: „Welche Naivität! Welche Aufrichtigkeit! Reizendes Mädchen!" Er ist in sie verliebter, als je. „O Julchen, wenn du meinen letzten Blutstropfen von mir fordertest, du verdientest ihn."

II. Akt. (1.) Julchen, nachlässig, wie eine Wöchnerin, gekleidet, erwartet den Rittmeister, der nun (2.), wie Stratophanes, von seinen Thaten und zwar, wie dieser, in der Figur der „praeteritio" spricht. „Wenn ich geneigt zum Prahlen wäre, so könnte ich euch drei Tage lang erzählen — aber ich lasse lieber meine Hände triumphieren, als meine Zunge. Mögen andre sich zu Helden lügen, denk' ich, oder solch einen Bänkelsänger von Homer[1]) mieten, der ihnen Siege an den Hals wirft, die sie nicht erfahren haben, ich verlasse mich auf die Augenzeugen meiner Thaten."[2]) Er erfährt von dem Jungen, der ihm aus dem Gesichte geschnitten sei. „Kaum war er zur Welt geboren, so griff er dem Accoucheur nach dem Degen." Alles Übrige hält sich genau an Plautus. An Stelle der zwei Sklavinnen, die Stratophanes überbringt, hat Schlachtwitz „einen echten Bologneser" als Schosshündchen, den Julchen mit Phronesiums Worten begrüsst:

Paenitetne te, quot mi ancillae sient,
Quin etiam insuper tu adducas, quae mi comedint cibum?

(*V.* 529): „O weh, noch mehr Brotfresser ins Haus!"

(3.) Hans, Fischers Hausknecht, und ein kleiner Junge bringen die bestellte Kollation. Julchen bedankt sich für die Sendung, wobei Herr von Schlachtwitz, unbemerkt an einem ihrer Fenster stehend, von der Strasse her alles unten sieht und in argen Zorn gerät.

III. Akt. Der dritte Akt umfasst nur drei und eine halbe Seite. (1.) Von Bauchendorf hat für Mastochsen — die Tarentiner Schafe des Plautus — fünfzig Dukaten eingenommen, die er nun Julchen opfern will. Hocherfreut führt ihn Rahel ins Haus. (2.) Adam erwartet seinen jungen Herrn und erklärt Rahel, er sei nimmer der alte Grobian; er bittet eintreten zu dürfen und drängt sich, wie Stratullax (*V.* 662), ein.

IV. Akt. (1.) Fischers Wunsch ist erreicht, da der Offizier im Zorne schied. (2.) Rahel berichtet Fischer, dass drinnen Bauchendorf zeche, was diesen arg aufregt. Während er sein

---

[1]) Nach *V.* 480, den Lenz las:
Scio ego multos memoranisse milites mendacium
Et *homeronidam et post illam illi* memorari potest.
Geppert jedoch liest:
Et *homicidarum post illa cumulus* memorari potest.
[2]) *V.* 485. Pluris est oculatus testis unus, quam auriti decem.

Los beklagt, führt Reibenstein zwei Mädchen gebunden ein, Lene und Anne. (3.) Unter Prügeln entwindet er ihnen das Geständnis, dass Julchen das Kind seiner Tochter habe. Er schickt Lene um dasselbe, „wenn sie einen Sohn haben wollte, so könnte sie sich schon einen machen lassen." Reibenstein dringt in Anne, wer der Vater von Lieschens Kind sei, da tritt Fischer, Lieschens Verlobter, vor und gesteht, dass er es sei. Reibenstein will ihm dafür als Strafe von der Mitgift fünfhundert Thaler, die sechs Talente des Callicles, abziehen. In Fischers Brust regt sich wahre Liebe für Lieschen, obwohl er einen „elektrischen Schlag" ins Herz bekam, als er Julchen wieder sah. (4.) Fischer verlangt von Julchen das Kind. Sie bittet um dasselbe nur auf einige Monate; er will es ihr aber nur auf zwei Stunden überlassen. Noch immer hofft Julchen, ihn zu überlisten.

V. Akt. Diesen Akt hat zum grössten Teil Lenz erfunden. Julchen bangt um ihrer Streiche halber. Sie will das Kind zurückgeben. „Die Historie von dem untergeschobenen Kinde könnte über kurz oder lang dem Rittmeister zu Ohren kommen und sie gezwungen werden, alles wieder herauszugeben." Auch Bauchendorf soll „mit guter Manier" aus dem Hause transportiert werden, „damit es nicht heisst, er habe sein Geld bei uns verloren." Sie will darum nach Döbschütz zu dem Rittmeister schicken, und dieser und Bauchendorf sollen an einander geraten. Adam soll dann zu Hilfe gerufen werden. Nun ist aber nach Rahels Bericht Adam betrunken eingeschlafen. Von hier geht es wieder auf Plautus zurück. (2.) Herr von Schlachtwitz, mit einem grossen Geldbeutel, tritt auf; „er hat das Jahresgehalt verdoppelt." Julchen nimmt kalt alle Gelder in Empfang. (3.) Da kömmt taumelnd Bauchendorf und sucht sein „herzallerliebstes Julchen... es ist Zeit zu Bette zu gehen". Darüber entbrennt Schlachtwitzens Zorn. Die beiden Nebenbuhler wollen erst fechten, dann Julchens Gunst sich um Geld erkaufen. Hierbei vermag der Junker nicht nachzukommen. Julchen thut darum, als schlüge sie sich auf die Seite des Rittmeisters. Ehe dies geschieht, will ihr Bauchendorf den ganzen Gürtel mit Geld geben; allein er ist ihm bereits abgeschnallt worden. Julchen sagt nun Bauchendorf, der Rittmeister habe ihm denselben entwendet, und giebt ihm den Schlüssel zu Schlachtwitzens Zimmer. Dort liege ein Beutel mit dreihundert Dukaten, den er als Entschädigung nehmen solle. Kaum aber hat sich Bauchendorf entfernt, um sich das Geld anzueignen, als ihm Julchen den Rittmeister nachschickt. Unterdessen macht sich Julchen mit Rahel mittelst der Post nach Tilsit fort. „Wie werden die gerupften Gänse hinter uns her gacksen!" — Das Motiv des Truculentus mit dem untergeschobenen Kinde des Capitano findet sich auch in Cecchis „Incautesimi" (S. 396) und öfter.

Register
zum ersten Bande (Plautus).

(Die Zahlen bedeuten die Seite.)

Abel, Eugen, 83. 85.
Abril, S. P., übers. Terenz 60.
Accolti, B. V., Virginia 107.
Acquettino 132.
Adam, J. A., 106.
Addisson 80. The drummer 483 —487.
Adelphi des Terenz 24. 28. 56. 58. 62. 66. 67. 68. 69. 668. 677; von Chompré 72; von Laya benützt 73; englisch 75. 80; von Romanus 42. 44; aufgeführt in Ferrara 52; in Löwen 36; in München 44; in Nürnberg 40.
Adolf Friedrich von Mecklenburg 213.
Adolphis Winkelschreiber 101.
Aelius Stilo 14. 18.
Agricola, J., 89. 91. 95.
Aischylos 9.
Albert, P., 4. 10.
Alfonso I. von Ferrara 51. 162. 607.
Allacci, Drammaturgia 109. 162. 164. 173. 240. 274. 444. 515. 527. 540. 541. 631. 718.
Alt, H., 52. 103. 375.
Altertum, seine Bedeutung und sein Einfluss 3 ff. 454. 455.
Alticozzi 409. 756.
Amboise, Franç. d', 103.
Ambra, Franc., il furto 517.
Amenta, N., 544.
Amis et Amiles 191.

Ampère 265.
Amphitruo 16. 18. 19. 20. 50. 51. 56. 57. 59. 60. 62. 63. 67. 68. 72. 73. 75. 78. 79. 80. 82. 83. 101. 132. 191. 193. 332. 494. 496. 508. 564. 572. 574. 575. 594. 613. 700; Charakteristik und Nachahmungen 115—129; ob im 4. und 5. Jahrhundert gespielt 19. 20.
Andreini 544. 656—661.
Andria des Terenz 24. 28. 41. 43. 51. 58. 61. 65. 66. 69. 72. 74. 75. 76. 83. 84. 85. 89. 94. 97. 108. 109. 111. 146. 491. 517. 534. 538. 574. 668. 698.
Andrieux, le trésor 762.
Andronikus 18.
Anfossi 324.
Angellieri Alticozzi 409. 756.
Angely 323.
Antigone 8; in Kassel gespielt 40.
Antimaco, Giul., 531.
Anzeiger für deutsches Altertum 208.
Apollinaris, Sidonius, 15.
Apostolo, Zeno, 51. 161. 162. 163. 210. 510.
Apuleius 8. 92.
Arber, Edw., 670.
Archippos 116.
Aretino, Pietro, 56; la Cortigianna 282; lo Hipocrito 539. 540; il Marescalco 390. 639; la Talanta 632. 656.

Arevalus 124.
Argelati, Bibl. 51. 57. 131. 162.
163. 174. 240. 362. 384. 409. 441.
444. 451. 509. 510. 608. 613. 685.
689. 718. 733. 745.
Argelio, Eug., 59.
Ariosto, Lodov., 23. 51. 56. 252;
la Cassaria 56. 332. 482. 483. 718;
il Necromante 165; I Suppositi
332—337.
Aristophanes 8. 9. 16. 23. 60. 61.
66. 79. 325. 527 u ö.; Acharnenses
106. 258; Plutus von Hans Sachs
92; in Zürich aufgeführt 36; in
Cambridge 77; in Mailand 59;
Wolken 73. 82. 427.
Aristoteles 5. 54. 327.
Arlecchino 101. 102. 103. 389.
Arlia 132.
Armado, Don, 107. 646. 674.
Arne, Michel, 204.
Arnobius 19.
Arntzen 124.
Arteaga 653.
Aschbach 46. 85.
Asinaria 19. 46. 57. 58. 67. 68.
100. 108. 115. 280. 426. 450. 680;
Charakteristik u. Nachahmungen
229—255.
Ast 115.
Atalanta 102.
Athenaeum 307.
Attilius 13.
Aubignac, d', 73.
Aubigné, d', 108.
Auger 19. 181. 185.
Augustinus, hl., 19. 20.
Aulularia 16. 19. 24. 34. 56. 59.
67. 71. 72. 79. 81. 82. 84. 89. 91.
95. 97. 100. 101. 115. 125. 132.
176. 243. 346. 348. 349. 350. 385.
427. 499; Charakteristik u. Nach-
ahmungen 255—324; gespielt in
Basel 59; in Königsberg 36; in
Nürnberg 40; in Olmütz 35; in
Wien 35; in Greenwich 76.
Avellino 324.
Avost, de la Val d', 441.
Axius, Paulus, 265.
Ayrer, Jakob, 94; Menächmi 584
—592.
Azzi, B. d', 544.

Bacchides 16. 58. 69. 81. 87. 88.
102. 240. 407. 408. 499. 595; Charakteristik und Nachahmungen
426—444.
Baco von Verulam 33.

Baerensprung 37.
Bagnato 17.
Baïf 65. 66. 387; le Brave 617—619.
Bakhuizen, van den Brink, 304.
Balde, Jac., 48. 111.
Bandello 517. 524.
Bapst von Rochlitz 94.
Barack 85.
Barbarus Hermolaus 116.
Barbier 736.
Barbieri, Niccolò, 69. 435. 437.
Barlacus, Kaspar [1584—1648],
15.
Barlando, Adriano, 36.
Barnes, Rob., 76.
Baron (Boyron) 69. 109. 667.
Barrera y Leirado, Catál. bibl.
60. 61. 138. 139. 141. 145. 146. 156.
296. 321. 323. 324. 503. 504. 523.
606.
Barretto, Feio, 147.
Barthius 265.
Barthold 96.
Bartoli, Adolfo, 48.
Baschet 64.
Batrachomyomachie 83.
Battishill 204.
Baudissin 407.
Baudry, René, 177.
Baumeister 116.
Bayer, J. G., 35. 46.
Bayle 185.
Bazo, Don A., 324.
Beauchamps, Recherches 65. 66.
174. 178. 292. 336. 337. 346. 390.
441. 517. 541. 543. 544. 554. 557.
559. 622. 623. 658. 665. 666. 667.
668. 736.
Beaumarchais 406; le Barbier
364. 365; Figaro 406. 769.
Beaumont und Fletcher 80. 107.
678. 679.
Beaumont und Nuitter 186.
Bebel, H., 46. 640.
Beccadelli, Ant., 427.
Becker, W. A., 17. 596.
Becq de Foucquières 65.
Belleforest 517.
Bellemore 623.
Bellereau, Remy, 65.
Bellermann, J. J., 717.
Belmonte, El diablo predicador
117.
Bembo 718.
Ben Jonson 79. 81. 107. 193; The
Alchemist 488. 489; The Case is
altered 316—351; The Devil is an
ass 307. 348; Epicoene 390; Every

man in his humour 347. 675—677; Every man out of his humour 677; The Poetaster 677.
Bendixen 85.
Benfey 3.
Benndorf 715.
Benoist 120. 255. 390. 722.
Benserade 177.
Bentivoglio, Erc., 57; I fantasmi 57. 454—461.
Beolco, Angelo, 56. 110. 406; Werke 216; la Anconitana 543; Vaccaria 57. 108. 246—253.
Beówulflied 7.
Bernard, Richard, 75.
Bernhardt, Sarah, 184.
Bernhardy, Grdrss. d. röm. Litt. 12. 18. 19. 22. 115. 116. 124. 128. 266.
Berrardo 50. 56; Cassina 369—375; Mustellaria 451—454.
Berriat, Saint Prix, 62.
Béthune, Everard de, 129.
Bianchi (Komponist) 324.
Bianchi, Gius., 652.
Bianchi, Orazio, 613. 685.
Biancolelli 559.
Bibbiena s. Divizio.
Biblische Komödie 38.
Bidermann 632.
Binder, Hans, 37.
Binder, Wilh., 23. 101. 116. 258. 262. 266. 401. 426. 501. 596. 600. 690. 719. 721. 737.
Biographie universelle 124.
Bishop 576.
Bitner, Jonas, 93. 584.
Blass, Leo, 36.
Blount 675.
Boccaccio 15. 131. 132.
Bode 354.
Bodenstedt 569. 575.
Boétie, la, 8.
Boettiger 214.
Boieldieu 483.
Boileau 6. 185.
Boisrobert, la belle Plaideuse 292; les trois Orontes 541.
Boissier 17.
Boivarius 35. 46.
Bojardo 50.
Boltz von Ruffach 32. 93. 94.
Bonducci, Andr., 285.
Boner 92.
Bonin 548.
Bonnet 484.
Borghini, Raff., 103.
Borheck 229. 255. 355.

Bornemisza 92.
Bornmüller 208.
Bosscha 324.
Bothe, F. H., 722. 767.
Bottrigaro, Erc., 689.
Bougerel, P., 174.
Bourgeois, Jacques, 336.
Bourlé 65.
Bourlier, J., 65.
Boursault, E., 69; Les Nicandres 554—557.
Bouterwek 63. 106. 154. 653.
Boxberger 99. 351. 704. 705. 707. 742. 743.
Boyron s. Baron.
Boysse, E., 48. 71. 72. 297.
Brachvogel 40.
Braga, Theophilo, 61. 62. 146. 147. 154.
Branthôme 174.
Brassicanus (Kohlberger) 26. 34.
Braune, Wilh., 638.
Brederoo 81. 109. 540. 638.
Breslau 95.
Bret, le, l'épreuve indiscrette 763.
Brighella 101.
Brix 18. 258. 324. 490. 493. 495. 498. 500. 501. 532. 595. 746.
Broekhousius, Jan [1649—1707], 299.
Broemel, W. H., 674.
Bromig 294.
Brosin, Oskar, 10.
Brueys 109.
Brun, le, 17. 19. 25.
Brunamonti, Frc., 240. 385.
Brunamotti, Stichus 745.
Brunet, Manuel 74. 132. 240.
Brunfels, Otto, 24. 30.
Brunelleschi, G., 132. 137.
Buchanan 62.
Buchaw, Steph., 94.
Budai, Esaias, 83.
Buecheler 125.
Buonarroti, Michelagnolo, 173.
Buonfanti, P. da, Bibbiena, Errori incogniti 515—517.
Burckhardt, C. Aug., 36.
Burckhardt, Jac. (De linguae lat. fatis) 29. 31. 34.
Burckhardt, Jac. (Kultur d. Ren.) 22. 52. 53. 162. 165.
Burmeister, Joh., 46. 208—214; 253.
Bursian, K., 240.
Busch, Herm., 31.

Caballero, Fernan, 606.
Cacciadiavolo, Lanfranco, 252. 654.
Caecilius Statius, 12. 17. 21. 46. 275.
Cailhava 72; le mariage interrompu 407. 408. 440. 441; les Ménechmes grecs 566; le tuteur dupé 629—662.
Calaminus, Georg 45.
Calderon 326; La Española en Florencia 523; Hombre pobre todo es trazas 509; El Principe constante 326.
Calmo, Andr. Il Travaglia 103. 522; la Spagnolas 653.
Cammerarius 722. 737.
Camões 62. 124. 141; Os Emphatrines 62. 146—154; Os Lusiadas 41. 155. 178.
Cañizares 61. 146.
Cannegieter 266.
Cantù 510.
Capitano 103. 104. 105. 106. 389. 521. 522. 527. 605. u. ö.; seine Namen 103. 104.
Captivi 16. 19. 23. 24. 43. 45. 59. 67. 72. 79. 94. 98. 99. 100. 115. 722. 746; Charakteristik u. Nachahmungen 324—355; veranlassen die comédie larmoyante 98.
Carmeli, A., 613.
Cartwright, W., 77.
Casina 19. 56. 57. 79. 115. 240. 241. 393. 680; Charakteristik u. Nachahmungen 365—390.
Castner, Gabriel, 37.
Cecchi 57. 761. 762; Il Corredo 630. 631; I Dissimili 58. 534; La Dote 58. 753—757; Gl' Incautesimi 58. 395—400. 776; la Majana 58; Il Martello 58. 104. 252. 654; La Moglie 58. 400. 533—539; I Rivali 57. 110. 482. 654; Gli Sciamiti 57. 165. 483; la Stiava 58. 685—689.
Cefalo 51.
Celio Calcagno(ini) 51. 608.
Cellarius, Christ., 124.
Cellarius, Joh., 32.
Celtis, Konrad, 46. 85.
Cenci, Giac., Gli Errori 103. 544.
Ceresara, Paride, 285.
Chapman 81. 677. 678.
Chappuzeau, S., 41. 67. 622; la dame d'intrigue 290.
Chasles, Em., 63. 65. 66. 103. 336. 617. 664.
Chassang 124. 126. 138.

Chateaurieux 665.
Cherea, Franc., 53.
Chiari, Pietro, 110.
Chiesa 544.
Child, F. J., 77. 186. 190. 203. 668. 669.
Choerilus 14.
Cholevius 579. 638.
Chomprè 72.
Christian II., Kurfürst von Sachsen, 39.
Christoph von Württemberg 37.
Chrysostomus, hl., 23.
Cibber 440. 509. 576.
Cicensis, Elias Herlicius, 643.
Cicero, M. T., 13. 14. 23. 31. 57. 92. 595. 690. 767.
Cistellaria 19. 58. 68. 115. 132. 723; Charakteristik und Nachahmungen 390—400.
Claus 88. 274. 323. 324. 407. 568. 574. 575.
Clemens XII. 59.
Clément und Larousse, Dict. lyr. 147. 186. 199. 324. 469. 487. 548. 549. 576. 700. 736.
Clerici 59. 338. 339.
Clown 101. 474.
Cocodrillo 656.
Codrus Urceus, A., 89. 256. 262. 291.
Cohn, A., 197. 638.
Collalto 548.
Collenuccio 22. 50. 51. 56. 124. 162. 163.
Collier 74. 75. 76. 77. 186. 190. 191. 193. 194. 346. 568. 569. 669.
Colman, G., 78. 80. 605. 685.
Colombina 102. 698.
Comédie larmoyante 98.
Comella, D. Luciano, 296.
Commedia dell' arte 53.
Commedia erudita 53.
Commelin (Amsterd.) 109.
Commelinus, H. (Heidelb.), 266. 270. 271.
Cominus, J., 266.
Congreve, W., 80. 81. 107. 307; Love for love 296; The old batchelor 677. 679. 680.
Contessa 767.
Coocke, Th., 204. 605.
Cooper, de W., 670.
Cordella 324.
Cornacchini, D., 526.
Corneille, Pierre, 68. 69. 184: L'Illusion comique 69. 105. 619 —622. 646.

Corneille, Thomas, 184.
Corrêa, Garção, 63.
Correggio, Niccoló da, 51.
Corvius (Bibl.) 83.
Cossa, Pietro, 110.
Coste, de, 316.
Coster, Samuel Dr. [um 1580— um 1650], 81.
Courbé 69.
Courbeville, P., 17.
Cramer, D., Prinzenraub 45.
Crapelet 129.
Crescimbeni 56. 57. 58. 132. 173.
Crowne, John, 193.
Crozet, F., 186.
Curculio 19. 82. 100. 115. 700. 712; Charakteristik u. Nachahmungen 355—365; bei Massinger 80. 361. 362.
Cybile, Gilles, 63.
Cyrano, Bergerac, 67. 102. 666.

Dacier, Mad., 73. 97. 185. 409. 735.
Dalberg, J. von, 36.
Dancourt 17.
Daniel, Pierre, 266.
Dante 21. 443.
Danz, J. T. L., 101. 256. 595.
Danzel-Guhrauer 98. 708. 745. 766.
Darbes 544.
Davies 107. 677.
Doeuik 255.
Degen 91.
Dekker 677.
Delius 523.
Demanville 69.
Demophilos 250.
Denina, C., 6. 12. 57. 58.
Derenbourg 717.
Desauguers 548.
Deschamps, Eustache, 129. 130. 131.
Desnoireterres 337. 544.
Despériers, B., 65.
Despois 68. 177. 179. 181. 183. 184. 185. 208.
Destouches 71. 481; Le dissipateur 486. 487. 762; le glorieux 668. 762; le Philosophe marié 762; le tambour nocturne 486; le trésor caché 757—762.
Detharding 632.
Devrient 216.
Dezeimeris 265.
Diderot 295.
Dido, engl. Trag., 76.
Dilke 675.

Diodorus 92.
Diphilos 365. 369. 596. 723.
Ditters 487.
Dittersdorf 218.
Divizio (Dovizio), Bernardo, 56. 515; la Calandria 510—514. 520. 527.
Dobel, Dr., 87.
Dodsley 469.
Döbrentey 297.
Dolce, Caturino, la Mora 109.
Dolce, Lodovico, 57. 441. 444; il Capitano 57. 164. 608—613; la Fabritia 57. 483; il Marito 57. 163—173; il Ragazzo 57. 168. 385. 387. 389; il Ruffiano 57. 729— 735.
Doletus, St., 29.
Dombart 355.
Domenichi 58; le due cortigiane 58. 441—444.
Dominique 389.
Dotteville 469.
Dottore in der ital. Komödie 102. 441.
Dousa, Joh., 325.
Dowden 568.
Dryden, John, 79. 80. 124. 173. 193. 204. 205. 206. 207. 208. 217. 228. 488; Amphitryon 80. 197— 204; Sir Martin Mar-all 80. 81. 435. 439. 440.
Dumas, Alex., 181.
Dunlop, Hist. of R. l. 346. 435. 469. 586. 629. 708.
Duruyer 316.
Duméril s. Méril.
Dyce, Alex., 79. 408. 678.
Dziatzko 67. 407. 495. 496. 681. 723.

Echard, L., 75. 204. 409. 735.
Eckhof 333.
Edward VI, 186.
Einsiedel 42. 43. 44.
Elektra 92. 110.
Elisabeth von England 76.
Elvert, d', 35.
Elze, Karl, 107.
Emilia Galotti, lateinisch, 314.
Endlicher, St., 125. 616.
Enger 18.
Ennius 13. 18.
Epicharmos 13. 116. 455. 495. 577.
Epidikus 19. 58. 72. 80. 101. 115. 389. 395. 400. 410. 698. 712; Charakteristik und Nachahmungen 401—426.

Episcopius, M., 95.
Erasmus von Rotterdam 25. 33.
Ercole I. von Ferrara 50. 56. 161. 509—607.
Ersch u. Grubers Enzyklopädie 148.
Eschenburg, J. J., 14. 100.
Estienne, Charles, 65; les Abusez 517—520.
Eunuchus des Terenz 24. 51. 53. 65. 66. 69. 75. 84. 86. 92. 103. 332. 333. 616. 630. 636. 668; Änderungen desselben 43. 108. 109; gespielt in Hannover 41; in Wien 35; in Zwickau 35; in Ferrara 718; Thraso in demselben 605. 606.
Euripides 9. 12. 19. 24. 75. 92. 140.
Eusebius 15.
Euklio 7. 95. u. ö.
Ewald 717.
Eybe, Alb., 87. 88; Bacchides 435. 436; Menächmi 577—579.

Fabie, Franç., 181.
Fabricius, Bibl. lat., 124. 147.
Fabula palliata 18.
Facueste 107.
Fairholt 675.
Falk, J. D., 42. 101. 124; Die Uhu 217—219; Amphitryon 219—226. 652.
Falstaff 7. 81. 106. 107. 222. 223. 236. 488. 614. 671—674. 741.
Falugi, Gior., 509.
Farmer 568.
Farquhar 307. 576. 577.
Feau, Charles, 174.
Fejér, Georg, 84.
Ferreira, Dr. Ant., 62; Bristo 661—663.
Fichard 40.
Fielding, H., 79. 264. 306; The intriguing chambermaid 475—477; the Miser 308—314.
Figaro 102.
Finauer 240.
Fioravanti 324.
Fioretti, Bened., 14.
Firenzuola, A., 56; I Lucidi 531—533; La Trinuzia 515.
Fleay 524. 569.
Fleckeisen, A., 115. 229. 324. 355. 426. 494. 495. 500. 595. 596. 605. 613. 616. 690. 722. 737. 746.
Fletcher und Beaumont 80. 81. 107. 678. 679.
Flögel 57. 76. 110. 488.

Florian, les jumeaux de Bergame 548. 549.
Flos, Attrebates J. du, 33.
Folz, Hans, 92.
Fontaine, la, 68. 69. 109. 729; l'Eunuque 69.
Fontanini 162. 163.
Fonteny, Jean de 658.
Fornaris, de' Fabrizio, l' Angelica 656. 657.
Fortiguerra, Niccolò, 21. 174.
Fournel 69. 101. 104. 177. 178. 293. 544. 623. 627. 665. 666.
Fournier 69.
Fracassa 416. 417. 421. 654.
Franc Archier de Baignollet 663. 664.
Franca-Trippa 101.
Franceschi Goffredo 59.
Francke, Otto, 23. 28. 29. 30. 31. 34. 44. 50. 52. 108. 240.
Francken 255. 308. 718.
Frankfurter, Barthol., 83. 84.
Franz I. 48.
Fraporta 544.
Freeman 746.
Freyesleben 25. 97. 215.
Freytag 85.
Friedrich II. von Dänemark 81. 82., der V. 700.
Friedrich III. der Weise von Sachsen 29.
Friedrich III., deutscher Kaiser 256.
Friedrich der Grosse 218.
Frischlin 33. 46. 94.
Fritz 568.
Fritzsche 427.
Fruchtbare Gesellschaft 30. 96.
Fürstenau 214.
Fuhrmann, W. D., 14. 101. 253. 295. 307. 488. 544. 668. 761. 763.
Fulvio Peregrinato Morato 52.
Furnivall 568.
Fuster 504.

Gabbrielli, A., 718.
Gadensted, Barthol., 47.
Gagliardi 549.
Gail 700.
Gaizet & Burtal 179.
Galiot du Pré 663.
Gambe, de la, 665.
Gambino d' Arezzo 129.
Gascoigne 76. 77. 333. 337.
Gasparini, Franc., 174.
Gaveaux 469.
Gay, Sophie, 700.

Gebwiler, J., 29.
Geel, Jacobus, 125.
Geiger 46.
Gelli, Giamb., 56; lo Errore 56. 383. 384; la Sporta 56. 274—280. 383.
Gellius, A., 14. 18. 66.
Genée 40. 85. 86. 638.
Genovefa 46.
Geppert 44. 205. 324. 355. 365. 401. 490. 501. 714. 722. 746. 767. 775.
Germania 35. 128.
Gérusez 181.
Gervais 763.
Gervinus 29. 30. 33. 42. 46. 85. 86. 89. 91. 92. 93. 94. 100. 229. 266. 574. 592. 638.
Geta und Byrrhia 124. 125. 126. 127. 128; französisch 129—131; italienisch 131—138.
Geta 156.
Gherardi 102. 557.
Ghistele, Corn., 81.
Giesebrecht, Wilh. von, 85.
Gifford 337. 346. 347. 348. 349. 350. 361. 390. 488. 675. 677.
Gigas, Emil, 124. 503.
Gilbert 101. 544; John 575.
Gildas 265.
Ginguené 59. 168. 170. 173. 333. 375. 395. 454. 510. 527. 685. 753.
Giraldi 51; G. Cinthio 524. 526.
Giraud, Gior., 441.
Girauld 174. 298.
Giunti s. Larivey.
Glaser 85. 524.
Gnatho 103.
Gock, A., 651. 767.
Godard 336. 337.
Goedeke 36. 38. 47. 84. 85. 86. 91. 94. 95. 100. 101. 108. 208. 229. 240. 255. 321. 469. 565. 570. 638. 639. 651. 708. 767.
Goeller 255. 746. 767.
Goethe 42. 100. 106. 646. 647; Faust 356; Iphigenie 6; Wilhelm Meister 445.
Goerges 208.
Goetz 718.
Goldhagens Anthologie 736. 767.
Goldoni, C., 23. 59. 323. 324; l' amante militare 657; l' avaro 324; l' avaro fastoso 324; il geloso avaro 324; i due gemelli Veneziani 544—548. 561. 577; il geloso avaro 324; la guerra 657; Memorie 544. 546.

Gonzaga, Curzio, 526.
Gonzaga, Isabella, 22.
Gonzalez de Mendoza 59.
Gorboduc 76.
Gotter 351. 352. 353. 354.
Gottsched, J. C., 25. 26. 35. 41. 46. 47. 82. 84. 85. 86. 87. 88. 89. 91. 92. 93. 94. 95. 96. 97. 214. 215. 469. 486. 548. 565. 632. 633.
Gottsched, L. A. V., 486.
Gouven, Andr., 62.
Grado, Temistocle, 59.
Graesse (Allg. Litt.) 81. 214. 386. 638.
Graetz 487.
Grand le, 17.
Grazzini, Gegner der Alten 54; la Gelosia 54; la Spiritata 55. 110; la Strega 54. 107.
Greff, Joach., 89. 90. 91. 92. 314.
Gregorovius 49. 50. 51. 52.
Grétry 185. 186.
Grevin, Jacques, 66.
Griechische Sprache 7.
Griffo da Valcapraja 510.
Grimarest 189.
Grimm, H., 639.
Grimm 85.
Groon 295.
Grootius, Hugo [1583—1645], 15. 298.
Grossmann, G. F. W., 570.
Groto 'Cieco d' Hadria 58; Calisto 58. 172. 173; Emilia 58. 407. 410—421. 654; Tesoro 756.
Grüner 42.
Grüninger 24.
Grüpeck 35.
Gruter 98. 266.
Gryllus, Komödie 83. 84.
Gryphius 106. 632. 638. 643—646.
Guagliardi 97.
Guarino 22. 50. 51.
Guazzesi, L., 285.
Guerente 62.
Gueudeville 74.
Guglielmi 549. 736.
Guizot 49. 177. 183. 527.
Guldberg 83.
Gulielmus Blesensis 613.
Gutzkow 229.
Guyot, Thom., 346.
Gyrowetz 487.

Hagen, E. A., 33. 314. 674.
Hagen, H., 613.
Hallbauer 577.

Halliwell 74. 77. 197. 198. 306. 407. 409. 568. 569. 735.
Ham 30. 89. 91. 95.
Hamburg, A. W., 469.
Hamerling, Rob., 8.
Hancarville, d', 116.
Harpagon 7; sein Name 291.
Hase 39. 84.
Haslewood 186. 190. 668.
Hasper 718.
Haupt, Moritz, 84. 265. 266.
Hautz 41.
Havet 265. 266. 267. 268.
Hawkesworth 79. 201. 204—208.
Hayneccius, Mart., 94. 351.
Heauton timorumenos des Terenz 34. 36. 58. 66. 72. 75; gespielt in München 40.
Hecuba des Euripides 24. 140.
Hecyra des Terenz 34. 47. 58. 61. 75. 91. 108. 614.
Hedio, Casp., 32.
Heel, Beat., 39.
Hegendorf 46. 47. 108.
Hehle 240.
Heinemann, O. v., 639.
Heinrich II. von England 74; Heinrich VIII. 76.
Heinrich IV. von Frankreich 652.
Heinrich Julius von Braunschweig 638—643.
Heinsius, Daniel [1580—1655], 13.
Hell, Theod., 441.
Heminges, William, 75.
Hennen 717.
Henry, Benediktiner, 74.
Hense, K. K., 574. 673.
Hercules des Seneka in Wien gespielt 35.
Herder 17. 29.
Hermann, G., 426. 746.
Herodian 92.
Herodot 92.
Herold 92.
Herrigs Archiv 179. 291. 306. 568. 617. 672.
Hertz, M., 12.
Hertzberg 502. 596.
Herwegh, G., 569.
Herzog. E., 326.
Hettner, Herm., 203. 307. 351.
Heubeln 518.
Heusinger 101.
Heydemann 116.
Heywood, Thom., 74. 78; Amphitryon 78. 193—197; The English Traveller 78. 79. 469—475.
Hezekiel, engl. Trag., 76.

Hieronymus, hl., 14.
High life below stairs 722.
Hildebrand 19.
Hildyard 255. 490.
Hillebrand 100. 218.
Hirzel, Lud., 10
Histoire littéraire de la France 124. 126. 132. 265. 271. 616.
Histriomastix 77.
Hitzig 717.
Hölscher 763.
Höschel, Dav., 30. 96.
Hoffmann, Em., 116.
Hoffmann, F., 155.
Hoffmann, J. L., 92.
Hoffmeister 736.
Hofman, Konr., 191.
Holberg, L., 16. 42. 82. 107. 297. 646; Diderich Menschen-Skræk 632. 700—704; Ellefte Junii 637. 638; Huus-Spögelse 477—482; Maskerade 700; Tyboe 632—636. 645. 670; Ulysses von Ithacia 636. 637; Glücklicher Schiffbruch 735.
Holinshed 76.
Holland, W. L., 639. 640. 642. 643. 663.
Holtei 323.
Holtze 115.
Homer 7. 10. 92.
Hooft, Pieter Corneliszoon, 81. 263; Warenar 298—305; den Schyn-Heiligh 540.
Hoole, Charles, 75.
Horaz 8. 13. 14. 54. 57. 80. 495.
Horribilicribrifax 7. 106. 632. 638. 642—646.
Hrotswitha 84. 85.
Hoz y Mota 321—323.
Hugo, Victor, 722.
Humbert 67. 179. 291. 407.
Hummel im Bach 31.
Hunfalvy 83. 85.
Hurd, Rich., 14. 263. 295.

Iber, H., 13.
Iffland 98.
Intronati in Siena 517.
Iparraguirre, D. Man., 296.
Iphigenie 6. 8. 94.
Isaac, Herm., 568. 569.

Jack Juggler, Interlude 75. 186—191.
Jacob, F., 401.
Jacob, le Bibliophile 64. 68.
James von England, 76. 191.
Jeremias von Padua 124.

Jodelet 67.
Johann von Sachsen 35.
Jokasta 92.
Jonchère de la Venard 178.
Jonckbloet 81. 109. 303. 305. 306. 540. 541. 638.
Jones, Stephen, 346.
Jovius, P., 53. 460.
Juan I. 60.
Jubinal 265.
Jundt 24. 31. 39. 45. 47.
Juromenha, Visconde de, 62. 146.
Justin 92.
Juvenalis 80. 290.

Kämmel 29.
Kärcher 18.
Karl II. von England 203.
Karl IX. von Frankreich 66.
Karl V. 60. 138.
Katull 57. 69. 77.
Kauffmann, Rich., 184.
Kayser 314. 317.
Kazinczky 297.
Kehrein 85. 86. 106. 218. 585.
Keller, Ad. v., 579. 581.
Kemény, Károly, 184.
Kerpen 736.
Kinwelmarsh 76.
Kirchhof 640.
Kirchmayer, Thom., 93.
Kis 84.
Kisfaludy 84.
Klapp 274.
Klein (Gesch. d. Dramas) 18. 50. 53. 54. 55. 56. 60. 61. 76. 85. 107. 124. 186. 252. 333. 375. 386. 395. 454. 482. 510. 517. 523. 524. 525. 631. 669. 675. 685. 718. 729.
Kleinstaeuber 38.
Kleist, H. v., 101. 124; Amphitryon 226—229.
Klerus gegen den Humanismus 31.
Klinckhamer 265. 266. 267.
Klingelhöffer 295.
Klinger, Max v., 592.
Klytämnestra 92.
Kneller 308.
Kneschke 91.
Koberstein (G. d. d. L.) 85. 86. 92. 98. 99. 101. 208. 229. 638.
Koch, Emil, 767.
Koch, Ludw., 23. 32. 38. 44. 52.
Koch, Max, 6. 78. 569. 575. 592. 670. 675.
Koehler, Reinhold, 128.
Koenig 295.

Köpke, G. G. S., 258. 321. 355. 390. 444. 490.
Köpke, Rudolf, 84.
Körting, Gustav, 132.
Köstlin 117.
Kordes 91.
Koreff, J. F., 652.
Kotzebue 98. 637.
Kovasznai, Al., 81.
Kreyssig 295.
Kriegk 40.
Kromayer 30. 34. 96. 97.
Kuettner 592.
Kuffner 101.
Kuhlau 592.
Kupplerwesen 232. 359. 695. u. ö.
Kurz 84. 92. 100. 106. 208. 217. 229.
Kyffin, Maur., 75.

Laberius 14.
Lachmann 93.
Lacome 186.
Ladewig 13. 116. 368. 394. 427. 495. 738.
Lalaune 185.
Landau 174.
Langbaine 469.
Largeu 495.
Langendijk, P., 638.
Larivey 66. 67. 61. 103. 280; les Esprits 66. 67. 286—289. 462; le Laquais 385—387; les Tromperies 526.
Lasca s. Grazzini.
Lascaris 427.
Lassen 717.
Laurent, Michel, 177.
Laya, Léon, 73.
Lazarillo de Tórmes 61.
Lecky, Hartpole, 53. 84.
Lecocq 103.
Leigh, Hunt, 307.
Lejay, P., 71. 72; l'Avare 297. 298.
Lelio 736.
Lemaire 267.
Lemcke 98. 106.
Lemercier, Nepom., 72. 110. Plaute 421—426.
Lennep, J. van, 14.
Lenz, Reinh., 100. 296; Algierer 351—355; Aussteuer 317—321; Buhlschwester 772—776; Entführungen, Grossprälerische Offizier 646—651; Türkenklavin 362—365; Väterchen 253—255.
Leo X. 50. 53. 280.
Leonel da Costa 25. 29. 33. 36. 61. 63.

Lessing, G. E., 16. 19. 22. 42. 98.
99. 100. 115. 116. 185. 256. 263.
265. 314. 324. 325. 327. 351. 365.
410. 426. 465. 484. 486. 501. 595.
596. 680. 697. 698. 719. 722. 723.
736. 746. 762; junge Gelehrte 99;
Minna v. Barnhelm 99.; Justin
99. 704—708; Philotas 351; der
Schatz 763—767; Weiber sind
Weiber 99. 742—745.
Lessing, Karl, G., 704. 742.
Leu, St. Comte, 296.
Levée 74.
Licinius 13.
Licbenberg 477. 592.
Lilly, John, 80; Endimion 81.
107. 674. 675.
Limiers, H., 14. 74. 743.
Lindau, P., 180.
Lindemann, E., 717.
Lindemann, F., 115. 324. 595. 746.
Linge 13.
Lipsius, L., 13. 351. 592. 736. 767.
Lisimbo, Oristoniano, 285.
Livius, T., 9. 92. 94.
Lobstein 48. 93.
Locher, Jac. (Philomusus), 31.
46; ludicrum drama 240—246.
Lodovico il Moro 50. 51.
Longueville 577.
Lope de Rueda 61; Engaños 522.
523; Medora 523. 661.
Lope de Vega 115.
Loredano 102; la Turca 102. 522.
Lorentz, K. W., 355.
Lorenz 78. 106. 444. 454. 595. 605.
606. 633. 690.
Lotheissen 10. 50. 64. 66. 67. 68.
102. 104. 105. 108. 177. 181. 183.
289. 292. 295. 406. 622. 629. 666.
Lucas, Hipp., 184. 185. 286. 346.
421. 440. 541. 566. 619. 665. 674;
die Wolken des Aristophanes 73.
Lucchetti, E., da Città nuova
540.
Lucian 92.
Ludwig XIV. 73. 178. 180. 184.
203. 229.
Lugans de S. Geal, Guillaume 13.
Lupi, Fr. Pisano, 541.
Luscius 13.
Luther 32. 33. 95. 96. 732.
Lutheraner in der ital. Komödie
732. 733.
Lycosthenes Psellionorus
Andropediacus s. Spangen-
berg.
Lymberger 30. 92.

Lymberger, Wilh., 97.
Lynker 108. 109.

Macedo, Joaquim Manoel de,
663.
Machiavelli 56. 274. 385. 387;
Clizia 56. 375—383. 793; Mandra-
gola 168.
Madalwinus 265.
Maffei, Gius., 173.
Maggi, C. M., 285.
Magnin, Ch., 19. 20. 21. 84. 124. 286.
Mahelot, Laurent, 177.
Mahrenholtz 26. 67. 68. 179. 181
183. 290. 291. 296. 306. 406. 407.
438. 466.
Mai, Angelo, 125. 126. 394.
Mailhol 286.
Mally, F. K., 651.
Malmström 717.
Manningham 523.
Marcoureau de Brécourt 68.
Mareschal 67; Capitan Matamore
622—628; le Railleur 628—629.
Mariana 60.
Marmier 82.
Marolles, Mich., 73.
Marston 80.
Martial 77. 111. 208.
Martinus, Balticus, 30. 37.
Martius 115.
Mascarille 102. 406.
Massinger 80; a new way to pay
old debts 337; a very woman
361. 362.
Matthias Corvinus 83.
Matthieu de Vendôme 124. 125.
129. 613. 616.
Maximilian I., Kurfürst von
Baiern, 31.
Medici, Lorenzino de', 56. 66.
67. 279. 286; l'Aridosia 280—285.
483.
Meissner, J., 642.
Meister, Mich., 30. 96.
Melanthon 14. 23. 26. 33. 46.
Menaechmi 53. 56. 60. 61. 67. 69.
70. 71. 72. 78. 82. 86. 88. 92. 93.
94. 100. 117. 181. 332. 389. 608.
611. 709. 714; Charakteristik und
Nachahmungen 490—595; viel ge-
spielt 108; in Ferrara 50. 51; in
München 37; in Nürnberg 40; in
Rom 52.
Menander 14. 17. 55. 66. 275. 455.
462. 574. 596. 737.
Menokin, Mailänderfigur, 503. 509.
Mentzel, Elisabeth, 34.

Mercator 16. 58. 81. 389. 426. 710; Charakteristik und Nachahmungen 680—690.
Mercier 4.
Méril, Ed. du, 21. 84. 124. 265. 616.
Mérimée, Prosper, 108. 174.
Merula, A., 19.
Meschinot, Jean, 174.
Mesmes, de, 336. 337.
Metastasio 161.
Metel, le, s. Boisrobert.
Meurer 286.
Meurice, P., 674.
Meyer, Maurice, 265.
Michaelis, Ad., 265.
Middleton 80; No wit like a woman's 408. 409.
Milari, Graf v., 324.
Miles gloriosus 7. 16. 51. 57. 60. 61. 62. 65. 67. 69. 72. 78. 79. 81. 82. 100. 101. 103. 104. 106. 107. 120. 252. 389. 416. 417. 421. 503. 515. 697. 702; Charakteristik und Nachahmungen 595—680; Name und Entwickelung 104 ff.; in Prag gespielt 36; von Melanthon 14. 24. 34.
Mirabeau 23.
Mitternachts, S., Unglückliche Soldat 17.
Modrý 36.
Moland 116. 124. 174. 177. 179. 181. 183. 185. 202. 663.
Molière 19. 23. 26. 64. 67. 68. 71. 72. 78. 80. 101. 102. 104. 116. 124. 128. 154. 161. 173. 177. 193. 198. 201. 202. 203. 205. 206. 207. 208. 217. 225. 226. 228. 229. 263. 266. 274. 276. 277. 279. 286. 289. 290. 305. 306. 307. 308. 309. 310. 311. 314. 317. 321. 322. 323. 324. 469. 484. 493. 554. 560. 566. 685. 766; l'amour médicin 666; Amphitryon 64. 67. 179—185; l'Avare 64. 67. 78. 290. 291—297; le Bourgeois gentilhomme 68; le Dépit amoureux 80; l'Ecole des femmes 68; l'Ecole des maris 67. 68. 80; l'Etourdi 365. 406. 435. 440. 708; les femmes savantes 68; les fourberies de Scapin 67. 406. 407. 666; le Misanthrope 307; Pourceaugnac 67; Sganarelle 672.
Moliériste, le, 181. 184. 185. 193. 208. 297. 306.
Monchesnay 185.
Mondore 652.
Mounier, le, 74.

Montaiglon, Anatole de, 125.
Montaigne 8. 15. 28. 48. 62.
Monteiro 147.
Montemayor 61; la Diana enamorada 522.
Montfleury 67. 69. 71; Comédien poète 462—465.
Montmaur 103.
Monval, G., 41. 290. 622.
Moratin 146. 296. 503. 504.
Morgann, M., 672.
Moritz von Hessen 95. 108.
Mostellaria 44. 56. 57. 58. 66. 69. 70. 71. 72. 78. 79. 80. 82. 84. 101. 102. 120. 191. 192. 280. 286. 287. 499. 718; Charakteristik u. Nachahmungen 444—490. 753. 755. 762.
Movers, F. C., 717.
Müling, J. A., 28.
Müller 41; Ad. (ed. Aristoph.) 106; Adam. H., 226; C. F. W. 18; C. O. 116; C. W. 125; Joh. Aug. 39; Lucian 613. 614.
Münchhausen 640.
Munday, A., 80. 190. 346.
Muralt 306.
Muratori 50. 51. 162. 509.
Muret 62.
Murmelius 34.
Murphy 81; The Citizen 685.
Musaeus 92.
Muschler 91.
Mussu, Joh., 126.
Mylius, C. H. S., 317. 407.

Naevius 13. 18. 690.
Nagel, H., 617. 619.
Nardi, Jac., 56.
Nash 317.
Naudet 17. 74. 117. 185.
Neander, Mich., 31.
Nekromant 165. u. ö.
Neuber 100. 296.
Nevyle, Alex., 74.
Newman, Andr., 75.
Nibelungen 7.
Niccolini 519.
Nichols, J., 569.
Niemeyer 43.
Nikolaus von Trier 19.
Ninensis 60.
Noble le, Eustache 557—559.
Nodier, Ch., 9.
Nokes 410.
Norrmann 321.
North (Plutarch) 8.
Notker, Labeo, 85.
Nuce, Th., 74.

Nuitter 186.
Nydhart, Hans, 35. 85.

Odet de Turnèbe (Tournebu) 103; Les Contens 664.
Oehlenschläger 592-594.
Oliva, Fernan Perez de, 60. 124. 140—145. 508.
Opitz 98.
Orbarius 20.
Orelli 265.
Orlando 324.
Orlando di Lasso 652.
Osann, F., 117. 124. 125. 128. 271.
Osius, Hieronymus, 24. 38.
Osthelder 767.
Otto der Grosse 85.
Otto, Pfalzgraf, 94.
Otway, Thomas, 407.
Ovid 57. 60. 64. 77. 81. 92. 172. 614.
Oxenford, John, 208.
Ozell 207.

Pädagog in der Komödie 102. 427. 434. 441. 511. 655. u. ö.
Paisiello 487.
Palaprat 109. 668.
Palissot 566. 567.
Palm 38. 40. 46. 94. 98. 102.
Panzers Annalen 86. 88.
Paolo Cortese 240.
Parabase im Curculio 357.
Parasit 69. 103. 606. 655. 714. u. 5.
Pareus 88. 98. 256. 266.
Parfaict 67. 69. 109. 337. 462.
Pariati 59. 173. 174.
Paris, Paulin, 129.
Parmindo 409.
Parnell, Thom., 76.
Parolles 107. 673. 674. 676.
Passauo 132.
Passerota 444.
Patrick 75.
Patzke 97.
Paul II. 21; Paul III. 51.
Pedant in der Komödie 102; seine Sprache 103.
Pedro der Grausame 59.
Peiper 21. 267.
Pélisson 73.
Pellegrini 179.
Pellicer 61.
Pentio da Lecco 509.
Perez Antonio u. Gonzalo 503.
Perluigi, Donini, 59.
Persa 72. 710; Charakteristik und Nachahmungen 719—722.
Perticari, G., 51.

Pertz, G. H., 126.
Peter der Grosse v. Russland 181.
Peterborough, Abt v., 74.
Petrarca 427.
Peys, Abr., 184.
Pfaff 27. 30.
Pfeifer 128.
Philemon 17. 462. 681.
Philipp II. v. Spanien 138. 703.
Philippo Publio Mantovano, Komödie Formicone 8.
Philomusus s. Locher.
Piareta, P., 174.
Phoenissen, engl., 75.
Phormio des Terenz 24. 28. 34. 51. 67. 72. 75. 407; gespielt in Ferrara 52; Hannover 41; Lüttich 38
Pianelli 541.
Picard 567.
Pickelhäring 102.
Pinheiro, J. C., 661.
Pistol 107. 673.
Plautus, T. M., sein Leben und Name 12; im Urteile der Alten 13. 14; der Späteren 15; seine Stoffe 16. 17; sein Einfluss auf die Bühne 18. 19; im Mittelalter 21; seine Technik 22; weniger gelesen als Terenz 23—30; seine Komödien nachgeahmt 115—717, dramatisch bearbeitet 110. 111. 421—426; aufgeführt in Basel 39, Bunzlau 40; Coburg 39; Ingolstadt 39; Königsberg 38; München 37; Olmütz 35; Prag 36; Regensburg 38; Strassburg 39; Wien 35; in Italien 50. 59; in Rom 240; Greenwich 76; St. Louis 44; Cambridge 76. 307.
Plinius 92.
Plümicke 85.
Pluismer 297.
Plutarch 23. 92.
Poenulus 16. 57. 71. 101. 409. 482. 483. 595; Charakteristik und Nachahmungen 714—719; veranlasst Dialektdichtungen 109. 409. 718; Prolog hierzu 115. 715; aufgeführt auf dem Kapitol 53; in Ferrara 718.
Pogianus, Julius, 52.
Poins 672. 673.
Pol, Nik., 38.
Poliziano, Angelo, 52. 116.
Pombal 63.
Pomponius, Laetus, 22. 50. 52. 240.
Poner, Jos., 95.

Pope 6. 216. 307.
Porta della (dalla) 80. 191. 654; la Carbonaria 713. 714; fautesca 388. 389. 522. 651. 708; I fratelli simili 544; I duoi fratelli rivali 540; Olimpia 168. 521. 522. 655. 708—713; la Trappolaria 654. 708—713.
Poscidippos 495.
Pozzi 52.
Prantl, Karl von, 26.
Prato da Domenico 132. 137.
Preller 148.
Prestes, Ant., 146. 147.
Prévost, Abbé, 73.
Price 74.
Prölss, Rob., 22. 30. 31. 48. 51. 52. 53. 54. 55. 66. 57. 102. 103. 108. 110. 173. 280. 323. 333. 483. 514. 517. 544. 638. 639. 656.
Propertius 77.
Prospero 51.
Proverbes, la comédie des, 667.
Prudentius, Clemens, 19. 20.
Prüss 24.
Prutz, Rob., 16. 44. 82. 83. 297. 477. 482. 632. 633. 636. 637. 646. 700.
Prynne 77.
Pseudolus 34. 56. 70. 71. 72. 82. 99. 340. 389. 722; Charakteristik und Nachahmungen 690—714.
Pulcinella 101.
Purcell, Hein., 198.
Pyrgopolinices 81. 105. 417. 421. 645. 646. u. ö. (s. Miles).

Quadrio 53. 132. 274. 510. 526.
Querolus 56. 125. 255. 265—270. 280. 322. 614.
Queux de St. Hilaire 129. 130. 131.
Quicherat 265.
Quijote, Don, 104.
Quinault, Phil., 69. 435; l'amant indiscret 437—440.
Quintilian 14.
Quinziano Stoa. 48.

Rabelais 7. 8. 62. 259.
Racine 407. 462.
Raguenet 179.
Rahbek 482. 700.
Ramon de la Cruz Cano y Olmedilla 489.
Ramsay 444.
Ranke 51. 52. 53.

Rapp, M., 16. 61. 68. 79. 80. 81. 101. 117. 176. 179. 181. 190. 191. 230. 256. 258. 262. 307. 325. 329. 331. 355. 356. 360. 361. 365. 390. 392. 395. 401. 405. 408. 409. 426. 441. 445. 469. 475. 488. 490. 502. 509. 547. 565. 574. 575. 576. 600. 604. 670. 674. 677. 682. 683. 684. 690. 715. 716. 719. 720. 722. 724. 728. 736. 737. 745. 746. 750. 751. 767. 768. 771.
Raspe, R. E., 640.
Rastoul, Ant., 296.
Raumer 29. 30. 31. 46. 49. 733.
Razzi, G., la Balia 168.
Rebhun, P., 47.
Redi 735.
Regnard 67. 69. 70. 71. 79. 289. 475. 482. 567. 575. 577. 762; les folies amoureuses 389; les Ménechmes 70. 547. 559—566; le Retour imprévu 70. 465—469; la Sérénade 70. 698—700.
Reichard 37.
Reinhardstoettner 141. 146.
Reinhardt 681.
Reitlinger 38.
Reiz 722.
Renaissance in Deutschland und Italien 48. 49.
Reuchlin 33. 36. 46.
Rezabal y Ugarte 140.
Rhenius, Joh., 30. 97.
Rhinton 116.
Rhodigino, Giancarli, 544.
Riccius, St., 91. 95.
Riccoboni 55. 57. 58. 102. 106. 108. 110. 164. 173. 239. 240. 252. 375. 407. 410. 441. 526. 538. 540. 541. 544. 617. 658. 753.
Riccoboni, Hel. Balletti, 72. 736; le naufrage heureux 736.
Riche, Barnab., 523. 524.
Richter, E. J., 229. 255.
Ricklefs 767.
Riedel, E., 45.
Riese, A., 596.
Rigault 10. 11. 64. 292. 307.
Rigutini 59.
Ristgräff 87.
Ritschl 12. 17. 19. 98. 99. 116. 239. 256. 391. 426. 427. 431. 444. 462. 495. 502. 596. 690. 718. 719. 738. 746.
Rittershuis 266. 270.
Rockinger 94.
Röderer 181.
Roger de Rabutin 185.

Roi 698.
Roister Doister 77. 81. 103. 107. 669–671.
Rojas y Zorrilla 323.
Rollenhagen, G., 33.
Romanus, Frz., 42.
Romberg 136.
Romeiju 690.
Ronsard 387.
Roscher, W. H., 116.
Roscoe 50. 308.
Rosenblüt 92.
Rost 229. 355. 401. 444. 680. 708. 719.
Roth, Frd., 9.
Rotrou 67. 124. 502. 527; Amphitryon 174—177. 179. 182. 183. Clarice 527; Captifs 339–346; Ménechmes 549—554. 575.
Roy, le, 70. 71. 346.
Rudens 22. 57. 72. 389. 744; Charakteristik und Nachahmungen 722—737; Prolog 115; gespielt in St. Louis 44. 45. 735. 736.
Rudolf v. Ems (Barlaam) 128.
Rümelin, G. 575.
Ruth 51. 53. 56. 59. 103. 162. 163. 168. 169. 173. 333. 375. 383. 395. 406. 454. 483. 503. 510. 527. 531. 653. 656. 685. 753.
Rutini 324.
Ruzzante s. Beolco.

Sá de Miranda 62.
Sabinus, Franc. Flor., 14.
Sachs, Hans, 46. 92. 93. 592; Menächmi 579—584.
Saci le Maître 27. 28.
Saegelken 294.
Saint-Gelais 65.
Sainte-Beuve 15. 23. 28. 67. 73. 346. 769.
Salas Gonzales, de, 61.
Salvador, D. Constanzo 146.
Salvini, A. M., 131.
Salzmann 101. 649. 773.
Sambucus 83.
Samosch 793.
Sanchez 60.
Sand 56. 101. 103. 104. 105. 246. 247. 250. 406. 652. 658. 665.
Sansovino 53.
Santilla, Marquis v., 59.
Santos, Diez Gonzales, 61. 146.
Sapidus, Joh. (Anubion), 45.
Saraceni 52.
Sardeoni, Bern., 56.
Sardi, G., 608.

Sardi 324.
Sauppe 204.
Savi 324.
Scala, Flaminio, 400. 541. 542. 543. 652. 671.
Scaliger, Jos., 14.
Scapin 101. 102. 406. 698. 699. 700; les fourberies de Sc. 58. 67. 406. 407.
Scaramouche 102. 406.
Scarron 67. 322. 665.
Schack, Fdr. Graf, 60. 61. 138. 140. 145. 321. 504. 523.
Schack (Komponist) 487.
Schaeferlein 92.
Schartenmeyer 220.
Scheffler 672.
Scheltz 295.
Schenk, Mart., 30. 96.
Scherer, Wilhelm, 89. 91.
Schiller, Fdr., Don Carlos 483; Neffe als Onkel 567; Räuber 577; Spätere Dramen 6. Tell, W., 10.
Schirach 100. 314.
Schlager 35.
Schlegel, A. W. v., 16. 42. 49. 256. 291. 295. 502. 575. 677.
Schleich, Martin, 483.
Schmidt, Ch. (Hist. Als.), 24. 28. 31. 47. 85.
Schmidt, Erich, 99.
Schmidt, K., 39. 52.
Schmidt, Mor., 22.
Schmidt, Biogr. 708.
Schneeberger, Hier., 10.
Schneider, C. E., 722.
Schneider, J., 22.
Schnorrs Archiv 10. 37. 40. 46. 47. 85. 99. 208. 214. 351. 766. u. ö.
Schoch, Georg, 214.
Scholl, G. u. F., 87.
Schonaeus 26. 34. 46. 72; sein Tobäus 34. 46.
Schreiber, H., 31.
Schröder 17; J. F. 31. 47. 240; (Schauspieler) 351. 633.
Schücking, Levin, 110.
Schütze, J. F., 296.
Schultz, Frd., 17. 116.
Schulz 101.
Schwab, G., 329.
Schwabe 494. 500.
Schwarz 33.
Schweiger 19. 74. 83. 95. 298. 299. 346. 651. 743.
Schweitzer 184. 185. 296. 297.
Scott, Walter, 197. 203. 204. 440.

Scribe, Eug., 483.
Scudéry 541.
Secchi (Secco), gl'ingauni 524—526. 543; l'interesso 525.
Sédaine 72. 181.
Sedulius 124.
Seldner 98. 99. 351.
Sellori, Mauro, 174.
Seneka 9. 24. 32. 34. 38. 41. 49. 57. 60. 61. 74. 77. 92. 99. 138. 146. 214.
Scuffert 46.
Seydelmann 746.
Seyffert, O., 690.
Seyler 351. 352. 353.
Sforza d(egli) Oddi 527. 559.
Shadwell 79. 80. 264. 380; the Miser 306.
Shakespeare 76. 88. 502. 717. 722; Verhältnis zu den Alten 23. 78; All 's well that ends well 673; Comedy of Errors 6. 78. 181. 334. 500. 523. 547. 568. 569. 570—576. 577. 591; Hamlet 77; King Henry IV (Falstaff) 81. 106. 107. 223. 671—674; King Lear 745; Love's Labour's Lost 646. 674; Merry wives 78. 673; Othello 203. 745; Pericles 232. 736; Taming of a shrew 78. 333; Tempest 736; Twelfth night 523. 524; a Winter's Tale 524; Shylock im Merchant of Venice 450.
Shaw 76.
Sibour, R., 65.
Sierke 99. 761.
Sigismund 256.
Signorelli 51. 541.
Silva da, José, 63. 124. 155—161. 197.
Simai, Chr., 297.
Simes, James, 98.
Simonde de Sismondi 63. 155. 321. 510.
Simpson, R, 568.
Simrock 522. 524. 574. 576.
Sixtus IV, 52.
Skelton 77.
Sklavenrolle, ihre Entwickelung 7. 101. 102. 406. 698. u. ö.
Sloman 746.
Soldatenrolle 360. 361. 433. u. ö.; s. auch Miles.
Sommer, E, 74. 174. 346. 365. 389. 440. 487. 557. 565. 667. 711. 729. 762.
Sommerbrodt 715.
Sonnenburg 490.

Sonnenschein 324.
Sophokles 9. 12. 40. 80. 140.
Sophron 737.
Sorrentino, Cesare, 444.
Soubrette (Philematium) 102.
Sousa, Mejia, 323.
Spangenberg, Cyriacus u. Wolfahrt 208.
Spanische Sprache in portug. Lustspielen 170.
Spavento 104. 652. 657—661.
Spezzafer 104. 652. 653.
Spengel, And., 490. 493. 500. 501. 746. 767.
Stahr, Adolf, 98. 99.
Stampa 285.
Stapfer, P., 78. 549. 566. 569. 576. 672.
Steele, Rich., 307; The tender husband 484.
Steffens 314—317.
Steinhoff, R., 18. 20. 117. 120. 174. 229. 482. 577.
Stellato, L., 729.
Stichus 99; Charakteristik und Nachahmungen 737 - 746.
Stiefel, Dr., 18. 490. 496. 502. 503. 509. 514. 520. 544. 547.
Stöber 100. 351.
Storck, Wilh., 146. 147. 148. 153.
Strassburger Studien 208.
Straumer 29.
Strnadt, Jac., 36.
Strobilus der Aulularia 258.
Strodtmann 98. 99.
Strozza, Tito, 162.
Strozzi 174.
Stubenvoll, Dr., 40.
Studemund 18. 681. 767.
Studley, J., 74.
Sturm 24. 31. 38.
Sturz, P. Helf., 592.
Sulzer 11. 54. 122. 133. 174. 253. 285. 295. 314. 346. 441. 449. 708. 714. 736. 738. 767.

Tacitus 9.
Taille, Jean de la, 165.
Taine, H., 74. 202. 307. 675.
Tarbé, P., 129.
Tarentino Secondo 653.
Taschereau 295.
Tellez 323.
Teive, Diogo, de 62.
Terentius, P., sein Leben 12; bekämpft 20. 630; mehr gelesen als Plautus 23—28; seine Vorzüge Plautus gegenüber 28—30; auf-

geführt in Basel 39; Breslau 38;
Bunzlau 40; Hannover 41; Kassel
39. 40; Königsberg 38; Löwen 36;
Lüttich 38; München 40; Nördlingen
37; Nürnberg 40; Regensburg
38; Weimar 42; Wien 35;
Zwickau 35. 36; Italien 50; Oxford
76; Salamanca 61.
Terentius Christianus, 25.
Teuffel, S. W. S., 12. 14. 17. 18.
19. 115. 116. 124. 229. 255. 256.
265. 266. 325. 355. 357. 360. 365.
369. 374. 391. 392. 394. 401. 426.
427. 444. 462. 495. 500. 502. 588.
595. 596. 605. 690. 697. 714. 716.
719. 722. 723. 724. 738. 746. 767.
768.
Theokritos 737.
Theophrast 98.
Thersytes, interlude 668. 669.
Thornton, Bonnel, 81. 198. 203.
216. 263.
Thraso 16. 81. 82. 92. 107. 219.
421. 605. 606. 632. 668. 670; lat.
Gedicht 613—616.
Thümmel 107. 673.
Thurs, Alb., 81. 83.
Thyestes des Seneka 24. 74; in
Wien gespielt 35.
Tibullus 77.
Ticknor 60. 61. 141. 146. 321. 323.
504. 523. 661.
Tieck 100. 253. 317. 351. 362. 390.
568. 648. 722. 773.
Timon, a play 79.
Timoneda, Juan de, 61. 502; los
Menecmos 504—509.
Tiraboschi 50. 51. 59. 162. 164.
240. 285. 369. 441. 451. 608.
Tittmann 106. 108. 638. 639. 640.
646.
Toldi 84. 92.
Tomek Wladiwoj 31.
Tomki(n)s 80. 191—193. 263. 264.
488.
Torelli 177. 714.
Toretti 544.
Torres Naharro 61.
Tortoli 252. 510. 534.
Toulmin-Smith 76.
Trabea 13.
Tracy, de, 9.
Tralage 64. 68.
Trambusti 59.
Trautmann, Dr. Karl, 37. 40.
214. 642.
Trinummus 24. 34. 58. 71. 72.
78. 99. 100. 120. 191. 193. 228.
256. 484. 708; Charakteristik und
Nachahmungen 746—768. 532.
538; gespielt in München 37; in
Ferrara 718.
Trissino 56; I Simillimi 527—531.
Tristan l'Hermite 69. 103. 104.
Tritto 549.
Trojano Massimo 652.
Trotzendorf 30.
Truculentus 16. 100. 595. 690.
722; Charakteristik und Nachahmungen
767—777; im Timon 79.
Tugend und Liebesstreit, Freudenspiel
524.
Turpilius 13.
Tweelingen, de gelyke 541.
Tyrell, R. J., 595.
Tysdale, J., 668.
Tzschimmer, Gabr., 215.

Udall 76. 77. 81. 669—671.
Ulrici 568. 575.
Upton 390.
Ussing 12. 14. 17. 81. 98. 174. 240.
252. 274. 291. 295. 324. 346. 406.
410. 435. 454. 461. 469. 475. 482.
484. 503. 566. 605. 609. 632. 665.
704. 798.

Vacquerie, Parolles 674.
Vahlen 116. 490.
Valencia, Juan de, 60.
Valerius, Maximus, 92.
Valet 7.
Vallauri 255. 595. 746.
Valville 469.
Vanbrugh 307.
Vapereau 173. 186.
Varchi, Bened., 58; la Suocera
108.
Varnhagen 155.
Varro, M. T., 14. 21. 24.
Vecchi, Orazio, 653.
Vérard, Ant. de, 63.
Vergil 8. 10. 32. 57. 92.
Verucci, Vergilio; il servo astuto
656. 698.
Verwaijen 115.
Vice 668. 670.
Vicente, Gil, 61. 146. 152. 154.
Vidularia 18. 723.
Vilaragut, M. A., 60.
Villa, Teod. Aug., 362.
Villalobos 15. 60. 124. 138. 139.
140. 145.
Villon, F., 663.
Vincioli, Giacinto, 510.
Vinet, A., 184.

Visé, de, 184.
Vissering 490.
Vitalis Blesensis 124. 125. 126.
129. 613. 616; Aulularia 270—274.
614.
Voigt 19.
Voisenon 75. 172. 337. 736; l'heureuse ressemblance 337. 338.
Volkert 736.
Voltaire 28. 116. 184. 218. 219.
577.
Vondel [1587—1679] 299.
Voss' Homer 6.
Vossius 28.
Vries, M. de, 298. 303. 304. 305.
Vulcatius Sedigitus 12. 13. 116.
495.

Wachler 646.
Wachsmuth 31. 53.
Wagner, Wilh., 255. 258. 263.
265. 293. 490. 746. 767.
Walther, Rud., 45.
Ward 74. 77. 84. 85. 103. 107. 266.
333. 337. 517. 569.
Warner, William, 568. 569. 570.
Warton 48. 53. 74. 76. 77. 84.
124. 569.
Webbe, Dr., 75.
Weber, E. W. Dr., 42. 296.
Weinhold 100. 320. 321. 351. 646.
647. 648. 773.
Weise, Christian, 98. 102.
Weise, C. H., 255. 365. 390. 401.
414, 502. 680.
Welcker 117.
Weller, Annalen 93. 94. 215.
Wendell, Hening, 83.
Wernsdorf 266.
Westerbaen 81.
Westermayer 48. 111.

Wex 717.
Whalley 349. 350. 675.
White, Thom., 670.
Wiedeburg 767.
Wieland 100.
Wieseler 116.
Wilhelm V. von Baiern 652.
Will 40.
Wille 401.
Wimpheling 31. 47.
Winckelmann 116.
Windischmann 390. 490.
Winter, Dr., 124.
Wirsung, Chr., 89.
Wiskowatoff 47.
Wislicenus 575.
Witz 35.
Wolf, Adolf, 61. 523.
Wolf, Ferd, 63. 155. 160. 161. 663.
Wolff, O. L. B., 674.
Wolff, P. A., 107.
Wolfrom, A., 763.
Woodward 207.
Wortley, Montague, 216.
Wright, Thom., 125. 128.
Würthmann 652.
Wycherley 306. 307.

Xenophon 92.
Ximeno 504.

Yelverton 76.

Zanni 101. 102.
Zapf 46. 88. 241.
Zayas, Maria de, 322.
Zell 46.
Zenckfrey (Zenckert) 95. 314.
Zschocke 296.
Zwingli 36.
Zsámboki 83.

Corrigenda.

Unbedeutende Druckfehler, wie fehlende Kommata (z. B. S. 62, Z. 25 v. u.; S. 185, Z. 5 v. o.), unrichtige Accente u. dgl. möge der Leser gefälligst verbessern; desgleichen einige ein paarmal falsch geschriebene Namen, wie Balletti (S. 72), Lecocq (S. 103), Boieldieu (S. 483), Charles (S. 336), Desnoireterres (S. 337), Fuhrmann (S. 644), Halliwell (S. 80), Kurz (S. 84. 92), Ménechmes (S. 544), deren richtige Orthographie das Register bietet. Ausserdem ist zu korrigieren S. 22, Z. 20 v. o. Colenuccio in Collenuccio; S. 30, Z. 15 v. o. Im selben Jahre in in denselben Jahren (1623); S. 37, Z. 19 v. u. zahit in zalt; Z. 16 v. u. Snie in Jnie; Z. 15 o. 11 v. u. gabriole in gabriele; Z. 13 v. u. Err in Er, V und in Vnnd; S. 48, Z. 15 v. o. exercice in exercise; S. 174, Z. 12 v. o. Busquet II in Brusquet II; S. 191, Z. 18 v. o. wigard in wizard; S. 203, Z. 13 v. u. Thorton's in Thornton's; S. 204, Z. 19 v. u. fort in for; S. 240, Z. 19 v. o. rugosoque in rugosæque; S. 285, Z. 12 v. u. machten in machen; S. 523, Z. 9 v. u. Bernabe in Barnabe; Z 11 v. u. Gentlewoman in Gentlewomen. — Zu S. 381 ist zu vergleichen: S. Samosch, Machiavelli als Komödiendichter. Minden 1885. S. 12 ff.

Druck von C. G. Röder in Leipzig.